Mystères en Finistère

Cet ouvrage de pure fiction n'a d'autre ambition que de distraire le lecteur. Les événements relatés ainsi que les propos, les sentiments et les comportements des divers protagonistes n'ont aucun lien, ni de près, ni de loin, avec la réalité, et ont été imaginés de toutes pièces pour les besoins de l'intrigue. Toute ressemblance avec des personnes ou des situations existant ou ayant existé serait pure coïncidence.

ENQUÊTES & SUSPENSE

Aux Éditions Alain Bargain

Dans la collection

ENQUÊTES ET SUSPENSE :

Alex Nicol
- Mystères en Finistère

Michèle Corfdir
- Le Crabe
- Mortel Hiver sur le Trieux
- Chasse à corps à Bréhat
- Larmes de fond ou le retour du crabe
- Vent contraire à Loguivy-de-la-Mer
- Herbes amères à Belle-Isle-en-Terre

Françoise Le Mer
- Colin-maillard à Ouessant
- La Lame du Tarot
- Le Faucheur du Menez-Hom
- L'Oiseau noir de Plogonnec
- Blues Bigouden *à l'Île-Chevalier*
- Les Santons de Granite rose
- Les Ombres de Morgat

Chaix d'Est-Ange
- La filière d'Arradon
- La petite dame de Locminé
Ratissage dans le golfe
- L'Écluse de Malestroit
- Copie conforme à Larmor-Baden
- Les Truands de Saint-Goustan

Gisèle Guillo
- Dernier rendez-vous à Vannes
- Du Léman au Morbihan
- Tempête à Quiberon
- La Belle de Carnac
- Le Saigneur de Quimper

Solenn Colléter
- Lettres de sang sur la Côte Sauvage

Anne-Soizic Loirat
- Lorient l'interdite

Annie Le Coz
- Les Maudits de Kérogan
- Plumes sèches à Beg-Meil
- Quimper sonne les cloches

Martine Le Pensec
- Onde de choc sur Fermanville
- Angoisse sur Penmarc'h

Jean-Pierre Bathany
- Camaret au Vitriol
- Double Je Nantais

Patrick Bent
- Erquy profite le crime
- Le macchabée du Val-André
- Saint-Cast priez pour eux !

Firmin Le Bourhis
- La neige venait de l'Ouest *(épuisé)*
- Les Disparues de Quimperlé
- La Belle Scaëroise
- Étape à Plouay
- Lanterne rouge à Châteauneuf-du-Faou
- Coup de tabac à Morlaix
- Échec et tag à Clohars-Carnoët
- Peinture brûlante à Pontivy
- En Rade à Brest

Philippe-Michel Dillies
- Meurtres à Monnaie
- Chasse à Tours
- Train d'enfer à Saint-Pierre-des-Corps

Serge Le Gall
- La secte de l'Aven
- Sables mouvants à Bénodet
- La Douarneniste et le Commissaire
- Corps-mort à l'Île-de-Batz
- Traque noire à Audierne

Christophe Chaplais
- Pâté de Corbeau aux amandes amères
- Le calisson jusqu'à la lie
- Farz aux herbes de Portsall
- Addition salée au Croisic

Cédric Labb
- Les Démons du Midi
- Les Muses de Savoie

Jacques Caouder
- L'Occise des Landes
- L'Évadée de Brennilis
- Le Mort de Brest-Les Abers
- La Troménie noire
- Rumeurs mortelles à St-Renan

Alex NICOL

Mystères en Finistère

Collection

ENQUÊTES & SUSPENSE

Quadri Signe - Editions Alain Bargain
125, Vieille Route de Rosporden - 29000 Quimper
E-mail : editions.alain.bargain@wanadoo.fr
Site Internet : perso.wanadoo.fr/editions.bargain

I

Le petit bonhomme jovial qui faisait face à Gwenn Rosmadec exprimait par les fentes de ses yeux de Bigouden toute la gratitude du monde.

— Ah, monsieur Rosmadec, votre rapport est extraordinaire. Vous avez trouvé des choses époustouflantes sur l'histoire de notre famille et je vous en suis très reconnaissant.

— Je suis heureux d'avoir contribué à apporter un éclairage nouveau sur des éléments de votre passé que vous ignoriez mais, vous savez, cher monsieur, dans mon métier, cela arrive régulièrement. Je ne suis qu'un passeur de paroles que je transcris en mots sur ma machine et que je vous restitue fidèlement ensuite.

— C'est vrai mais vous écrivez rudement bien, monsieur Rosmadec ! En relisant l'histoire de ma famille, j'ai failli croire que c'était un beau roman.

— La réalité rattrape souvent la fiction. Du reste, les écrivains ne peuvent guère inventer que ce que l'âme humaine s'efforce de forger. Mais je dois admettre que mon enquête est restée relativement simple. Tous ceux que j'ai sollicités pour une interview l'ont acceptée de bonne grâce et n'ont guère tenté de dissimuler quoi que ce soit. Ensuite, les mots c'est comme de la bonne musique que l'on écrit sur une partition. Ceci dit, j'ai eu beaucoup de plaisir à effectuer ce travail pour vous. Le dossier relié que je vous ai remis devrait plaire à tous ceux, et ils sont nombreux chez vous, qui ont contribué à son élaboration.

Gwenn Rosmadec secoua sa tignasse rousse et se leva comme pour faire signe à son interlocuteur que l'entretien était terminé. Le vieux paysan en fit de même, serrant sur son cœur toute l'histoire de sa vie.

— Combien vous dois-je, monsieur Rosmadec ?

— Je vous enverrai ma facture d'honoraires par la poste. Je n'ai pas eu encore le temps de faire tous les calculs.

— Très bien, je vous remercie. Au revoir, monsieur Rosmadec.

— Au revoir, cher monsieur.

Gwenn raccompagna son client sur le perron et le regarda s'éloigner vers sa voiture. Il s'y engouffra en lançant un dernier joyeux « Kenavo ! », démarra et disparut bientôt dans le virage de la petite rue du lotissement où Gwenn avait installé son atelier d'écriture. La quarantaine sportive, Gwenn appréciait l'indépendance que lui procurait son nouveau métier. Grand, solide, vêtu d'un tee-shirt blanc au logo du bagad local, d'un jeans plus que passé et d'une large ceinture de cuir mexicaine, il prenait la vie du côté épicurien et goûtait chaque minute de vie que le bon Dieu lui accordait. Une longue pratique du rugby lui avait enseigné les fondements du jeu collectif, la capacité à analyser rapidement la situation et l'art consommé de l'anticipation. Le nez cassé témoignait aussi de sa participation active aux mêlées et aux joyeuses agapes de la troisième mi-temps.

Nous étions mi-juillet ; une période de grand et beau soleil couvrait la Bretagne en général et le petit port de Sainte-Marine en particulier, là où l'écrivain public Gwenn Rosmadec avait élu domicile. Sa maison blanche aux ardoises luisantes s'intégrait au paysage et, avec le temps, les hortensias, les bruyères, le vieux chêne avaient fini par lui donner un air de petit bijou lové dans son écrin. Gwenn regarda le vert tendre du gazon qu'il avait coupé quelques jours plus tôt et huma l'air parfumé d'embruns iodés qu'un léger vent charriait depuis l'océan tout proche. Ce contact avec les éléments lui était nécessaire, surtout après le long entretien qu'il venait d'avoir avec le vieux paysan. Il respira à pleins poumons un air parfumé d'aventures et de goémon arraché aux rochers des Glénan. Dans un coin du jardin, Soazic, son épouse, un sécateur à la main, taillait un massif de rosiers. Quelques goélands argentés filaient au-dessus de sa tête vers quelque mystérieuse destination en lançant leurs cris stridents. Gwenn avait longtemps travaillé comme journaliste sur tous les points chauds du monde. Il avait acquis sur le terrain une expérience solide de l'investigation et de l'écriture et, un jour, estimant qu'il était temps de trouver un peu de stabilité, il avait décidé de s'installer dans la maison que son père avait fait bâtir et de mettre ses compétences au service du public. Le succès était venu très vite car Gwenn adorait aller au-devant des gens. Il savait trouver les mots simples pour établir le contact. Puis, au cours des rencontres, il bâtissait la confiance nécessaire pour que ses interlocuteurs acceptent de dévider les fils de leur histoire. Il prenait soin de vérifier les informations qu'on lui soumettait auprès d'autres personnes et, petit à petit, avec son talent de grand reporter, il bâtissait un texte solide, précis, rigoureux qu'il remettait enfin à son client. Chaque histoire était différente, mais chaque morceau de vie l'avait souvent comblé de joie et c'était toujours avec un grand bonheur qu'il remettait son produit achevé. Toutefois, il en savait assez sur l'âme humaine pour "oublier" certaines révélations qui auraient pu raviver d'anciennes blessures que le temps avait su cicatriser. Cependant, jamais il ne se serait permis de travestir la vérité. Il n'était pas romancier, il écrivait les histoires des autres et avait le devoir de les respecter.

Il héla Soazic, toujours penchée sur son rosier :

— Doudoune, tu viens faire un tour sur le port ?

La grande dame de sa vie arrêta son ouvrage en souriant, posa le sécateur sur la table de jardin et cria :

— D'accord, j'arrive.

Soazic avait gardé de l'époque où elle remportait tous les championnats de natation de Bretagne une ligne athlétique et une vivacité lumineuse qu'encadraient de longs cheveux noirs.

Quelques instants plus tard, ils s'engageaient tous les deux dans l'allée de chênes qui bordait l'arrière de leur demeure et gagnaient l'accès au ponton du port de plaisance.

Posé sur l'Odet, surnommée "La plus belle rivière de France", le port dispose d'un merveilleux havre où les marins en herbe comme les plus chevronnés peuvent se réfugier quand la houle du large se fait menaçante. Directement en contact avec l'océan, cette embouchure en subit les marées et, selon l'heure, les navires mouillés sur des bouées au large, orientent, sous l'influence du courant, leur étrave vers le sud ou vers le nord. Seuls, les privilégiés qui ont obtenu une place sur le ponton gardent immuablement la même position. Cela dit, ils doivent être capables de gérer les courants contraires lors des manœuvres d'appontage et, bien souvent, le moteur auxiliaire reste la meilleure ressource des capitaines du dimanche.

Avec l'arrivée des touristes, le port avait fait le plein. Toutes sortes de bateaux se balançaient au rythme des mouvements de la mer tandis que des pêcheurs à la ligne s'efforçaient de taquiner les dorades et les mulets tapis dans les grandes algues.

Mêmes les bouées au large accueillaient d'autres navires venus de Grande-Bretagne, de Hollande ou d'ailleurs. Une musique brésilienne résonnait au fond de la petite baie : un groupe de musiciens, équipés de guitares et de maracas couvrait de rythmes tropicaux les conversations des clients du café du port. Un petit roquet blanc, allongé sur le parquet du bistrot, tenait sa maîtresse en laisse. Une Parisienne maquillée comme pour une première de l'Opéra, le chef orné d'un large chapeau digne de figurer au hit parade du Derby d'Epson, sirotait un apéritif au bout d'une paille en plastique. Des enfants s'amusaient à faire les "Tarzan" sur le vieil arbre accroché au bord du quai tandis que le ballet des zodiacs de la capitainerie avait commencé, traversant le chenal pour récupérer les skippers et leurs équipages dont les voiliers étaient mouillés au large. Au bout du môle, Marcel, le pêcheur de crabes, débarquait ses prises dans les grands bacs en plastique gris et jaune de la chambre de commerce de Quimper.

La pizzeria commençait à connaître son affluence vespérale et les retardataires tentaient, malgré tout, de trouver une place ou de s'en faire réserver une.

Gwenn et Soazic s'installèrent à leur table favorite du café du port, légèrement en retrait, face à la mer. Le garçon s'approcha d'eux et leur lança :

— Comme d'habitude ?

Gwenn lui sourit et confirma :

— Comme d'habitude, Yann. Une bière rousse et une blanche.

Le garçon s'éclipsa et revint avec la commande. Gwenn savourait sa bière bretonne avec autant de plaisir qu'il avait à regarder le paysage. Lui, le marchand de paroles, le moulin à verbes, appréciait mieux que quiconque le silence. Face à eux, les barques de pêcheurs et les petits chalutiers dansaient lentement au gré du courant. Une yole de Bantry au mouillage attendait que son équipage de volontaires descende la voile pourpre accrochée au mât de misaine Un léger vent de mer caressa le bouquet d'hortensias qui cernait la vieille chapelle de granit.

Il prit la main de Soazic et sentit sans mot dire que son épouse vibrait comme lui devant la beauté du spectacle. Leurs regards se croisèrent et leurs yeux exprimèrent toute la tendresse qu'ils éprouvaient l'un pour l'autre. A ce moment, le monde n'existait plus, ils se fondaient dans l'environnement pour n'être plus qu'un. Le temps s'arrêta, tels des points de suspension posés au bas d'une page. Chaque seconde apportait son lot de précieux bien-être. La sonnerie de son portable interrompit brutalement leur rêve éveillé. Gwenn lâcha la main de Soazic, décrocha l'appareil de sa ceinture et établit le contact :

— Gwenn Rosmadec, bonjour !

Une voix sombre traversa l'éther et se glissa dans ses trompes d'Eustache.

— Bonjour monsieur Rosmadec. Ici maître Lefort, notaire à Quimper.

— Bonjour Maître. Aurais-je fait un héritage ?

Maître Lefort ignora la plaisanterie et poursuivit sur le même ton :

— Monsieur Rosmadec, c'est à vos talents d'écrivain public que je fais appel. J'aimerais que vous établissiez mon histoire.

— C'est mon métier, Maître. Quand puis-je vous rencontrer ?

— Pourriez-vous passer à mon étude à Quimper ?

— Oui tout à fait.

— Alors disons demain vers onze heures. Mon cabinet est situé Rue Vis. Vous verrez ma plaque sur la porte d'entrée.

— Très bien Maître, à demain.

Il coupa le contact d'un coup de pouce et remit le téléphone dans son étui. Sa femme lui demanda :

— Qui était-ce ?

— Un client, pour demain. Je te raconterai tout ça quand je l'aurai vu. Que dirais-tu d'une pizza ?

Jean-François, le pizzaïolo, les reçut avec sa bonne humeur. Pour lui, la saison commençait à Pâques et se terminait après la Toussaint. De fait, il passait le reste de l'année à prendre soin de sa femme et de sa maison et estimait, avec raison, qu'il avait fait le bon choix de vie. Quand Gwenn et Soazic pénétrèrent dans son établissement, il était en train de rouler des boules de pâte destinées à devenir de délicieuses pizzas aux fruits de mer.

— Salut JF, il te reste de la soupe froide aux framboises et à la rhubarbe ?

— Évidemment. J'ai refait le stock. Mais je suppose que vous prendrez une pizza avant ?

— Deux fruits de mer comme d'habitude.

— Et un pichet de Chianti ?

— Ça marche.

Les pizzas de Jean-François servies par son épouse Christiane étaient un délice. Les derniers voiliers remontaient la rivière pendant qu'ils descendaient le niveau du pichet en dégustant les tranches de coquilles Saint-Jacques éparpillées sur la croûte moelleuse. Un gros navire sablier à la coque verte se fraya un chemin parmi les coques au mouillage. Depuis l'interdiction qui avait été faite de récupérer le sable dans la rivière, il avait l'habitude de se rendre aux Îles Glénan et faisait partie du paysage mouvant de l'Odet. Son capitaine donna un grand coup de sirène avant de disparaître derrière l'avancée rocheuse qui protégeait le débarcadère.

Gwenn entraîna Soazic vers une table située à l'extérieur qu'un couple de touristes allemands venait de libérer. JF, debout derrière son comptoir, engagea la conversation :

— Alors Gwenn, qui est ton dernier client ?

— Maître Lefort à Quimper, tu connais ?

Jean-François s'arrêta de pétrir sa pâte un instant pour réfléchir.

— Il me semble que ce nom ne n'est pas inconnu... Voyons voir ! Ah oui, c'est ce notaire qui a été montré en exemple il y a pas mal de temps.

— Pourquoi ?

— Si je me souviens bien, il est parti de rien. Sa mère était veuve sans grandes ressources mais il a réussi à faire des études de droit et devenir notaire.

— Il a pu acquérir une étude ?

— Oui... apparemment... Mais je ne sais pas comment il a fait. En tout cas, il était présenté comme un symbole de travail et d'effort et un modèle pour tous les élèves.

— Comment sais-tu cela ?

— Christiane travaille dans un lycée professionnel. Il y a été invité un jour pour présenter son parcours. C'est comme ça qu'elle l'a connu et que je suis au courant de cette histoire. Je vous mets un morceau de chocolat avec le déca ?

Gwenn acquiesça d'un signe de la tête et se perdit dans la contemplation des risées sur l'Odet.

II

Discrètement cachée derrière les quais de l'Odet, la rue Vis ne payait pas de mine : pas de magasins, pas d'enseignes, uniquement des immeubles assez anciens dont les façades avaient été couvertes d'un parement de granit. La voie de circulation était étroite et Gwenn eut toutes les peines du monde à trouver une place de parking décente. A mi-chemin, le bâtiment d'une école primaire retentissait des cris des enfants. Ce devait être la récréation. En face, sur le bord de la porte vitrée d'un des immeubles, la plaque de cuivre du notaire, ternie par le temps et le manque d'entretien informait le client potentiel que le cabinet était au deuxième étage. Gwenn repéra sur la liste des boutons de sonnette celui qui l'intéressait et appuya. Par l'interphone, un « oui ? » interrogatif attendit la réaction du visiteur.

— Gwenn Rosmadec, j'ai rendez-vous avec maître Lefort.

— Très bien.

Un léger déclic se fit entendre, libérant le mécanisme d'accès et invitant l'écrivain public à pénétrer dans l'antre de pierre. En face, un vieil ascenseur. Gwenn l'appela, y pénétra et en quelques instants parvint au deuxième étage. Il atteignit un palier où une nouvelle volée de marches menait à une porte de bois ornée de la même plaque de cuivre que celle fixée à l'extérieur. Au moment où il s'approchait, la porte s'ouvrit silencieusement sur une femme grisonnante qui l'introduisit dans le salon d'attente.

— Installez-vous, monsieur Rosmadec. Je vais informer maître Lefort de votre présence.

— Merci Madame.

Et elle disparut dans le couloir.

Gwenn prit place dans un vieux fauteuil en cuir qui avait dû recevoir moult postérieurs de toutes les tailles, formes et générations mais continuait de faire son office. La dame grise revint et déclara en souriant :

— Maître Lefort vous attend, Monsieur. Si vous voulez me suivre…

Elle repartit vers le fond du corridor, Gwenn sur ses talons, frappa à la dernière porte, l'ouvrit pour laisser passer le visiteur et se retira sur la pointe des pieds. Gwenn entra.

Sa première vision : des rangées d'étagères couvertes d'ouvrages reliés en vieux cuir qui montaient jusqu'au plafond, sur tous les murs du bureau. Une simple ouverture rectangulaire laissait filtrer un peu de lumière mais il fallait en permanence conserver une lampe de bureau allumée pour y voir à peu près correctement. Au centre de la petite pièce, une table en bois massif couverte de dossiers et une vieille machine à écrire. Derrière, un petit bonhomme tout rond, chauve, vêtu d'un costume trois pièces et qui dissimulait sa myopie derrière d'immenses lunettes cerclées d'écaille. Le notaire, car ce devait être lui, tendit le bras vers un fauteuil identique à celui qui avait déjà accueilli Gwenn dans le salon et l'invita à s'asseoir.

— Bienvenue monsieur Rosmadec. Je suis maître Lefort.

— Bonjour Maître. Heureux de faire votre connaissance. Ainsi donc vous souhaitez que j'établisse le compte rendu de votre histoire familiale ?

— C'est bien pour cela que je vous ai fait venir. Comment procédez-vous habituellement ?

— En général, la demande émane d'une personne qui me raconte tout ce qu'elle sait de sa propre histoire et me met en relation avec d'autres membres de sa famille. Je prends contact avec eux et les interroge pour obtenir des précisions sur les éléments qui m'ont été donnés. Éventuellement, j'effectue des vérifications auprès des services des archives ou autres lieux d'information. Ensuite, je rédige un compte rendu que je remets au client. Libre à lui ensuite de le diffuser ou de le conserver.

— Que font vos clients d'habitude ?

— La plupart font appel à mes services pour établir un document qu'ils donnent à leurs enfants. C'est une forme d'héritage spirituel ou parfois de demande de pardon, d'excuse pour des situations qu'ils regrettent mais qu'ils s'efforcent de justifier. Il est rare qu'ils le fassent uniquement pour eux. C'est toujours destiné à être transmis à d'autres.

— Je comprends. Voyez-vous, je n'ai pas d'enfant ; je suis célibataire et ma seule famille est ma vieille maman qui est en ce moment dans la maison de retraite des “Hortensias Bleus”. Pourtant, j'ai besoin de connaître mon histoire et je me suis dit que vous seriez plus à même que d'autres de m'en dresser un bilan précis.

— Expliquez-vous Maître.

— J'ai cinquante ans. J'ai vécu pour mes études puis pour mon cabinet et ne me suis jamais laissé entraîner vers d'autres choses. Une vie banale, n'est-ce pas ? Pourtant, j'aimerais en savoir un peu plus sur la vie de ma mère, au-delà de ce que j'en sais. C'est une vieille Bigoudène têtue qui s'est toujours refusée à me révéler quoi que ce soit de son passé. J'ai imaginé qu'un professionnel pourrait peut-être réussir là où, pour d'évidentes raisons relationnelles, j'ai échoué.

— Votre demande n'a rien d'exceptionnel, Maître. Il m'est déjà arrivé de devoir traiter des situations similaires.

— Donc vous acceptez cette mission ?

— Sans problème. Voici la tarification de mes honoraires, répondit Gwenn en extrayant un document de sa vieille serviette de cuir. Mais je dois vous prévenir que je ne peux pas garantir le résultat final. Tout dépendra du degré d'écoute des personnes que je serai amené à interroger et, bien entendu, de votre collaboration, voire de votre soutien.

— Ils vous sont tout acquis. Quand et comment commençons-nous ?

— Je vous propose une rencontre tous les trois jours. J'enregistrerai vos propos et, après analyse du contenu, essaierai de cibler davantage les domaines qui vous intéressent. Ensuite, en fonction de ces données, j'irai voir votre mère et peut-être d'autres témoins de votre vie. Vous aurez un rapport régulier sur mon travail que vous pourrez contester si vous estimez que j'ai fait fausse route. En fait, c'est moi le cheval, mais c'est vous qui tenez les rênes.

Le visage de l'homme de loi se fendit d'un large sourire. Il était visiblement satisfait de l'entretien. Il tira de sa poche de veste un vieil agenda, le feuilleta brièvement et, regardant Gwenn, lui dit :

— Si vous voulez, nous commençons demain à la même heure ?

— D'accord, Maître.

Gwenn se leva, tendit la main pour serrer celle de maître Lefort et sortit.

La dame grise le salua d'un hochement de tête lorsqu'il la croisa dans le salon. Il gagna vite son véhicule et prit la route de Sainte-Marine.

L'écrivain public Gwenn Rosmadec se sentait un peu mal à l'aise en conduisant. Il avait menti au notable : jamais auparavant on ne lui avait demandé de faire une enquête sur des événements d'une vie dont son client admettait ne pas connaître tous les éléments. Quelque chose clochait dans la demande du notaire. Après tout, si vraiment sa mère lui cachait des choses de son passé, il ne lui était pas très difficile de faire effectuer des recherches par d'autres professionnels, un détective ou un membre du corps médical. Ces gens-là étaient tenus par le secret professionnel et donc le notaire ne risquait pas de voir déverser sur la voie publique un quelconque secret de famille. Pour quelle raison avait-il confié cette mission à un écrivain ? Peut-être Gwenn se faisait-il simplement du cinéma, peut-être la fatigue accumulée accentuait-elle cette impression confuse de non-dit... Gwenn se secoua mentalement, comme pour chasser de son esprit ces sentiments étranges et se concentra sur le défilé du paysage. De part et d'autre de la route, les ajoncs et les genêts qui avaient depuis longtemps terminé leur floraison d'or tendaient vers le ciel leurs branches d'un vert vigoureux comme pour saisir le moindre rayon de soleil et le digérer en prévision de l'automne. Des troupeaux de vaches paissaient paisiblement dans la campagne. Gwenn abaissa la vitre de son côté pour humer l'air. Un subtil parfum de fleurs séchées, d'iode, de sel et de campagne profonde composait ce bouquet olfactif qui enivre les voyageurs de passage et apaise les gens du pays. Peu à peu des hameaux aux murs blancs et aux toits sombres annoncèrent la présence humaine.

Gwenn quitta la départementale pour s'engager sur la route de l'Odet. Il avait fait le vide dans son esprit et était mentalement prêt à attaquer sa nouvelle enquête.

III

C'est par une fin de matinée ensoleillée que Gwenn se présenta à l'étude notariale pour commencer sa mission.

— Bonjour maître Lefort. J'ai apporté mon équipement et voici comment nous allons procéder : je vais lancer l'enregistrement de notre entretien et vais vous laisser parler. Si vous avez des hésitations, je vous guiderai par des questions ou des demandes de reformulation. Il s'agit pour moi de bien comprendre votre histoire, d'en cerner les tenants et aboutissants et de vous aider à clarifier ce qui vous semble douteux. Bien souvent, les gens ont en eux la réponse à beaucoup de leurs questions, il suffit quelquefois de les guider pour qu'ils trouvent la réponse. Êtes-vous d'accord sur la méthode ?

— Oui, tout à fait. Nous pouvons commencer.

Maître Lefort était visiblement ému. Lui qui avait toujours vécu seul allait pour la première fois de sa vie révéler une partie de son âme à quelqu'un qui, jusqu'à hier, était un parfait inconnu. Il ressentait une étrange jubilation mêlée d'angoisse et ces sentiments contradictoires se traduisaient par des tics nerveux sur son visage et la fébrilité de ses mains. Mais il n'osa pas attaquer d'emblée. Il attendit un signe d'encouragement de Gwenn, un peu comme un acteur qui va rentrer sur scène et endosser la peau d'un personnage, en laissant dans les coulisses les miasmes de sa réalité.

Gwenn enfonça la touche enregistrement de son petit magnétophone et prit la parole :

— Maître Lefort, parlez-moi de votre naissance. Où êtes-vous né ? Avez-vous des connaissances spécifiques sur cet événement qui vous auraient été rapportées ?

Rassuré par la voix tranquille et professionnelle de l'écrivain, maître Lefort sentit s'évanouir de sa poitrine une angoisse indistincte et il commença sa narration :

— Je suis né à Tréogat, une toute petite commune du pays bigouden, il y a cinquante années de cela, un soir de novembre. Je sais que ma mère était seule pour accoucher. Mon père, marin de la Royale, était à cette époque occupé à se battre sur quelque front extrême-oriental. Ma mère s'est donc arrangée pour me faire venir dans son penty. J'ai de cette époque des souvenirs heureux, la vision bucolique d'une vie simple, campagnarde. La maison consistait en une pièce unique aux murs blanchis ; au fond, un grand lit clos sculpté, héritage de mon grand-père dans lequel j'ai longtemps dormi avec ma mère. Ça sentait la paille et le lin frais. Au centre de la pièce, une grande table de bois brut, très simple, avec six trous qui avaient autrefois servi à recevoir des écuellées de soupe et qu'un menuisier avait rebouché. C'est sur cette table que j'ai joué, étudié, travaillé, appris la vie. Au fond, l'âtre auprès duquel il nous arrivait encore le soir quand j'étais très jeune de nous réunir avec les voisins. Plus tard, la télévision est arrivée, les voisins ne sont plus venus et la vie a changé. Dehors, il y avait une grande cour en terre battue qui était mon terrain de jeu favori. Elle était bordée d'une haie de pins ; je me souviens encore que ces pauvres arbres, grillés par l'air salin de la mer toute proche, courbaient un dos brûlé aux vents du large. Mais cette haie jouait son rôle protecteur et nous séparait d'une maison voisine.

— Vous souvenez-vous de ces voisins ?

— Non, pas vraiment. En fait, cette petite ferme est longtemps restée inhabitée. Elle avait abrité une grande amie de ma mère qui est morte peu de temps avant ma naissance. Pour ma mère, ce fut un drame. Ces deux habitations étaient les seules du hameau. Tout autour, il n'y avait que lande, pâtures et champs de blé noir. Ma mère a consacré l'essentiel de son temps à m'éduquer et trouver les moyens de financer mes études.

— De quoi vivait-elle ?

— Des sommes que lui envoyait mon père et de divers travaux qu'elle effectuait auprès des fermiers alentour. Par ailleurs, nous disposions d'un petit verger de pommiers à cidre derrière la maison. Je me souviens encore de la visite du bouilleur de cru. Il venait en octobre avec son alambic ambulant.

— Avez-vous des souvenirs de votre père ?

— J'en sais ce que ma mère m'en a raconté. Il est mort à Saïgon et son corps est resté là-bas. Je sais qu'il a beaucoup travaillé d'abord dans la Marine nationale puis dans une petite entreprise de caoutchouc qu'il avait montée en Indochine. A cette époque, les gens entreprenants pouvaient rapidement faire fortune s'ils travaillaient dur. Pendant les premières années de ma vie, les mandats arrivaient régulièrement, ce qui nous permettait une certaine aisance. Ma mère mettait systématiquement de côté la moitié de tout ce qu'elle recevait. C'était une habitude de la famille que son père lui avait inculquée. Lorsque je suis arrivé en âge de faire des études de droit, nous disposions des moyens nécessaires pour faire face aux dépenses.

— Vous me parliez de votre père…

— Je possède quelques photos de lui. C'était un grand bonhomme, fermier de son état. La ferme ne l'intéressait guère et, un jour, il est parti à Brest s'engager dans la Royale.

— Votre mère ne s'y est pas opposée ?

— Vous savez, ce n'était pas un mariage d'amour. En ce temps-là, mon père avait contacté la vieille du village, celle qui s'occupait entre autres de tisser les liens entre les membres du clan et d'établir les mariages entre les jeunes gens. Elle appareillait les garçons et les filles selon leur classe sociale, leur importance dans le village, la taille de la ferme des parents, bref, elle reproduisait à l'identique les structures sociales du hameau. Quand mon père a eu l'âge de prendre femme, il lui a demandé conseil et elle a organisé les tractations entre les deux familles.

— Savait-elle qu'il allait partir ?

— Non, pas du tout. Son destin était de reprendre la ferme comme ses ancêtres l'avaient fait avant. En fait, trois mois après son mariage, il a annoncé à son épouse qu'il ne voulait pas de ce métier et qu'il voulait voir le monde.

— Elle ne s'y est pas opposée ?

— Comme je vous le disais, ce n'était pas un mariage d'amour. Dès lors qu'il s'engageait à respecter le contrat initial, à savoir, entretenir les frais de vie de son épouse puis de ses éventuels descendants, ma mère ne voyait pas d'objection à ce qu'il s'embarque. Du reste, beaucoup de membres de ma famille étaient du milieu de la pêche et voir un mari partir sur l'océan relevait d'une tradition bien ancrée dans le pays. Tenez, regardez…

Le notaire sortit d'un tiroir du bureau une boîte à

gâteaux bretons dans laquelle il prit une vieille photo jaunie. On y voyait un soldat coiffé d'un chapeau de toile de broussard et vêtu d'une chemise à manches courtes. Une mitraillette pendait à son épaule. Il ne souriait pas. Son regard ne semblait même pas s'intéresser à l'objectif. Il était dans son monde, hors du temps. Maître Lefort sortit aussi une feuille de papier allégé pour la poste aérienne. Une écriture fine, très serrée, courait le long des lignes pré-imprimées. Le soldat Fanch Lefort contait son escale à Djibouti et l'enveloppe portait le timbre et le sceau du territoire français des Afars et des Issas.

— Il écrivait vraiment très finement.

— Au grand dam de ma mère qui était myope comme une taupe et avait beaucoup de mal à déchiffrer ses hiéroglyphes.

— En quels termes votre mère vous parlait-elle de son mari ?

— Elle avait une certaine tendresse à son égard ; et peut-être de la fierté aussi. Elle estimait qu'il avait été capable de se hisser au-dessus de son niveau et, quand j'ai eu seize ans, elle m'a commandé un gilet dont elle a fait faire les broderies par le meilleur brodeur de la région, elle y a fait mettre des cercles qui symbolisaient les pommes de la ferme et des vagues en souvenir de mon père. Les gens de Tréogat ont fait mine de ne pas le remarquer mais tous ont bien compris que le petit Lefort avait changé de classe sociale.

— Connaissez-vous les circonstances de la mort de votre père ?

— Non, pas vraiment. Six mois après son décès, nous avons reçu une lettre de l'hôpital militaire nous informant qu'il avait été terrassé par une terrible fièvre. En fait, les médecins ne savaient pas pourquoi il avait succombé. Son corps a été enterré au cimetière des étrangers et nous avons reçu une somme d'argent très importante, fruit de la vente de son entreprise de caoutchouc.

— En savez-vous davantage sur sa carrière militaire ?

— Je n'ai pas cherché à le savoir. Je ne l'ai jamais vu et ce que m'en racontait ma mère me suffisait. Mais vous avez raison de poser cette question. Peut-être serait-il possible de retrouver à Brest, aux archives de la Marine nationale, une trace de son passage dans la Royale…

— Je veillerai à traiter ce point-là, si vous êtes d'accord.

— Absolument. Du reste, je vous remettrai une lettre destinée aux autorités maritimes pour faciliter vos démarches.

— Je souhaiterais également rencontrer votre mère.

— Elle réside à la maison de retraite "Les Hortensia Bleus" à Quimper. Cette institution est tenue par un vieil ami de notre famille qui a tenu à y installer ma mère et qui me garantit une qualité de services et de soins irréprochable. Je l'informerai de votre venue. Mais je dois toutefois vous prévenir : ma mère est atteinte de la maladie d'Alzheimer. Il lui arrive de ne pas me reconnaître quand je viens la voir. Vous aurez peut-être quelques difficultés pour obtenir d'elle des informations.

— Vous savez, Maître, toute piste est bonne à suivre. Du reste, comme je vous l'avais dit, c'est vous qui serez à même de me confirmer ses déclarations.

— Très bien, monsieur Rosmadec. Je vous prépare ces documents et vous les envoie à votre domicile.

— Merci Maître ; à bientôt, avec, je l'espère, des nouvelles à vous apporter !

— Au revoir monsieur Rosmadec.

Gwenn regagna sa voiture. Il ne rentra pas immédiatement chez lui mais décida de prendre la route de Tréogat. La ferme de maître Lefort pouvait peut-être receler des informations et Gwenn aimait vérifier ses données. Son métier de reporter l'avait accoutumé à contrôler minutieusement ce qu'on lui racontait. C'est d'un cœur joyeux qu'il prit la route du pays bigouden.

IV

Tréogat était un petit bourg d'environ 300 âmes niché au creux d'un vallon qui s'enorgueillissait de servir l'été mille plateaux de sanglier lors d'un banquet traditionnel et qui, au départ des touristes, retournait à sa quiétude campagnarde.

La route principale traversait le village avant de dérouler son ruban d'asphalte sombre vers Audierne. Mais une voie de traverse s'échappait vers l'ouest, longeait quelques blockhaus allemands, hideuses bâtisses de béton couvertes de végétation, sinuait à travers les bois et les prés semés de quelques longères assemblées autour d'un bistrot, se perdait dans les méandres mystérieux de son parcours avant de se muer en un méchant chemin de terre qui se terminait dans la ferme de Marie Cloarec.

Gwenn arrêta sa voiture à quelques centaines de mètres de la construction, comme pour mieux apprivoiser les vieux murs fatigués.

On les eût cru tirés d'un tableau de Gauguin quand il rayonnait sur l'école de Pont-Aven. Encore blanche malgré l'outrage du temps, la maison semblait se cacher derrière une haie de pins rabougris. Elle arborait un toit de chaume percé en plusieurs endroits dans lesquels les hirondelles jouaient à cache-cache à grandes envolées sonores. Les herbes folles avaient envahi la cour où l'on distinguait encore la trace d'un ancien chemin d'accès. Derrière la maison, le verger abandonné avait torturé les branches des pommiers qui, malgré tout, continuaient de produire des pommes vertes et rouges dont beaucoup, pourries, jonchaient le sol.

Gwenn s'approcha en silence de peur de réveiller le paysage assoupi, comme s'il se sentait un intrus dans cet endroit mystérieux, comme si quelque chose ou quelqu'un lui disait au fond de lui-même de s'arrêter, de rebrousser chemin, de repartir et d'oublier.

Sa curiosité d'enquêteur triompha de cette angoisse étrange et il poursuivit sa route. Les vitres des fenêtres avaient volé en éclats et présentaient des bouches aux dentitions irrégulières et acérées. La porte qui ne tenait, par miracle, que par un seul gond, crissait sa douleur au rythme des poussées du vent de mer dont Gwenn humait l'odeur salée sur les commissures de ses lèvres. Il la poussa du bout du pied. Surprise, et sans doute épuisée par son long combat contre les éléments, elle s'écroula dans un fracas de tonnerre, soulevant au passage un nuage de poussière. Les hirondelles cachées dans la maison s'enfuirent par les trouées du toit en piaillant très fort. Gwenn attendit que la poussière soit retombée, alluma une lampe-torche et pénétra dans la pièce.

Il s'attendait à y trouver la confirmation de la description que lui en avait fait maître Lefort. Aussi ce fut avec un certain regret qu'il constata que la maison était vide : plus de meubles, plus d'instruments agraires, rien qui puisse témoigner du passage d'une vie dans ces quelques mètres carrés perdus au bord du monde. Il balaya la pièce du faisceau de sa lampe, provoquant la panique chez une famille de mulots qui y avait élu domicile, regarda vers le toit de chaume et finit par éteindre la lumière. Il n'y avait rien à glaner ici. La ferme avait été abandonnée depuis longtemps, effaçant toute trace qui aurait signalé une présence humaine.

Gwenn allait regagner son véhicule quand une voix terrible lui aboya un « Qu'est-ce que vous faites là ? »

Dans l'ouverture béante de ce qu'avait été la porte, un grand bonhomme armé d'un fusil de chasse le dévisageait d'un air peu amène.

— Bonjour Monsieur ; je suis bien à la ferme de maître Lefort ?

— Maître Lefort ? Maître Lefort ? Et qu'est-ce que vous lui voulez à maître Lefort ?

L'homme parlait avec un accent breton prononcé. Le français ne devait pas être son lot quotidien. Gwenn rusa :

— En fait, je suis un neveu de Marie Cloarec. Mon oncle, maître Lefort, m'a raconté son enfance dans cette maison et j'ai eu envie de venir la voir.

Le regard enfiévré se rasséréna et c'est d'un ton plus enjoué qu'il poursuivit :

— Ah ! Vous être un neveu de Marie ! Bien sûr dame que vous pouvez voir la maison ! Mais il n'y a plus personne ici.

— Mais qui êtes vous, Monsieur ?

— Je suis un voisin de Marie.

— Pourriez-vous me parler d'elle ?

Oui bien sûr, mon petit gars… Mais si nous allions chez moi autour d'un verre de lambig, ça ne serait pas plus mal, pas vrai ?

Et l'homme tourna les talons en abaissant le canon de son fusil. Gwenn le suivit en jetant un dernier regard à la chaumière. Un éclat de soleil sur une arête de vitre cassée lui fit un bref clin d'œil, manière qu'avait la vieille demeure de saluer son dernier visiteur.

Le voisin se retourna et emprunta le chemin de terre qui menait à l'extérieur de la ferme. Gwenn prit le temps de l'observer : coiffé d'un large béret et habillé d'une vareuse rouge fané, il ressemblait, avec ses sabots de bois, aux photos passées des pêcheurs de sardines d'autrefois. Une large moustache ébouriffée et jaune barrait son visage buriné. Il balançait le bras porteur de l'arme en marchant le long d'une haie qui s'ouvrit bientôt sur une longère de granit aux volets bleus. Un chien de chasse, un épagneul breton, bondit de joie en voyant apparaître son maître qui lui caressa le museau.

— Tout doux, Heolig, tout doux, mon beau...

Puis il poussa la lourde de porte de bois, pénétra dans son antre et invita son visiteur à le suivre.

— Mettez-vous là, dit-il en pointant du doigt une chaise un peu bancale. Je vais chercher des verres.

Il se tourna vers le fond de la pièce dont le mur était orné d'un large évier, fouilla parmi la montagne de vaisselle sale qui s'y était accumulée depuis longtemps, extirpa deux verres dépareillés qu'il passa sous le filet d'eau du robinet puis les posa sur la table. Enfin, il ouvrit un vieux bahut en marronnier d'où il tira une bonbonne de verre de laquelle gicla un liquide transparent. Il en remplit les deux verres en disant :

— Goûtez-moi ça, vous allez voir, ça c'est de la bonne !

Et sans laisser à Gwenn le temps de réagir, le vieux bonhomme avala son verre d'un trait, le reposa en essuyant sa moustache d'un revers de vareuse et confirma :

— C'est vraiment de la bonne !

Gwenn dégusta à petites lampées le liquide alcoolisé.

C'était fort, âpre comme la terre du pays bigouden. Ça descendait dans le gosier comme une coulée de lave brûlante avant de s'éteindre dans l'estomac.

Gwenn reprit le fil de la discussion :

— Alors, comme ça vous avez bien connu Marie Cloarec ?

— Oui dame ! C'était une copine d'école. On a appris le français ensemble. Cette chipie s'arrangeait toujours pour raconter au maître que je parlais en breton dans la cour et je me faisais régulièrement disputer.

— C'était une bonne élève ?

— Assez finaude pour obtenir des garçons ce qu'elle voulait.

— Que voulez-vous dire ?

— Eh bien, elle n'était pas très motivée par les études mais elle était têtue comme une bourrique et, quand elle avait décidé quelque chose, c'était difficile de l'en faire changer d'avis.

— Vous pourriez m'en donner un exemple ?

— Oh, bien, je me souviens qu'elle m'avait dit : « je n'épouserai jamais un gars de la terre. » Elle a tenu parole.

Gwenn fit l'innocent :

— Comment ça ?

— Elle ne voulait pas rester à la ferme et trouver un gars de la ville, ce n'est pas facile quand on est natif de Tréogat. Mais, un jour, elle est partie à la "Tréminou", la grande fête foraine de Pont-l'Abbé. Quand elle en est revenue, j'ai senti qu'elle avait trouvé ce qu'elle y cherchait. De fait, six mois plus tard, on annonçait son mariage avec un marin de la Royale, Fanch Lefort.

— Le père de maître Lefort ?

— Officiellement, oui. En fait, à l'époque, on a eu des doutes. Mais vous savez, avec tous les marins qui épousent nos filles et qui s'en vont pour de longues campagnes au bout du monde, ce n'est pas étonnant qu'on ait ici tant de prématurés. Et le Fanch, il est parti sur sa frégate pour l'Indochine. En fait, il n'a jamais vu le petit. Il est mort là-bas dans la jungle.

— Comment Marie a-t-elle pris la chose ?

— Elle a reçu une lettre de l'amirauté l'informant de la situation. Au début, elle avait l'air un peu triste. Et puis, je ne sais pas pourquoi, par la suite, elle a changé. C'est à ce moment-là qu'elle a quitté la ferme.

— Elle l'a vendue ?

— Non, elle l'a laissée et s'est installée à Quimper pour faire des ménages et élever le petit. Depuis je ne l'ai pas revue.

— Elle avait d'autres amis ici à Tréogat ?

Une ombre passa sur le regard du vieux bonhomme.

Il se tint coi un moment puis reprit :

— Sa meilleure amie, c'était ma sœur, Anne.

— Je pourrais la rencontrer ?

— Elle est morte.

— Je suis désolé.

— Non, c'est du passé ; ça fait déjà bien longtemps. Pourtant…

Comme s'il essayait de puiser dans ses souvenirs ou d'en chasser des démons installés à demeure depuis longtemps, le vieux plissa ses yeux et reprit :

— En fait, Anne était enceinte à la même époque que Marie. Mais elle n'avait pas de père pour le petit qui allait venir. Et, en ce temps-là, c'était très dur pour une fille de la ferme. Marie l'a soutenue dans cette période un peu dure. Surtout que sa grossesse se passait mal. Un soir, Marie est partie avec Anne en char à banc à Plonéour-Lanvern voir un rebouteux pour qu'il essaye de calmer ses douleurs. Quand elles sont revenues, Marie ramenait son fils mais Anne était décédée. Le rebouteux n'avait rien pu faire.

Le vieil homme se versa une nouvelle rasade de lambig qu'il avala derechef d'un trait.

— Mais, dites-moi, Maître Lefort prétend qu'il est né à Tréogat !

— C'est ce que Marie a déclaré à la mairie ; pensez donc ! On n'allait pas vérifier ces informations à cette époque. Et puis il ne fallait pas prendre le risque de mettre en péril les activités du rebouteux.

— Pourquoi ?

— Un rebouteux c'est un peu un sorcier, s'il nous avait jeté un sort ?

— Qu'est-il devenu ce rebouteux ?

— Je n'en sais foutre rien.

— Et Fanch, avait-il des amis ici ?

— Non, il n'était pas du pays. Je crois qu'il était originaire de l'île de Sein. Oui, c'est ça, il venait de là-bas.

— Vous souvenez-vous de gens dont il vous aurait parlé ?

— Non c'était un taciturne le Fanch. Mais maintenant que vous me le dites, il parlait souvent d'un bistrot sur l'île où il avait ses habitudes, "Le Goéland Boiteux". Allez-y donc faire un tour, vous aurez peut-être des nouvelles…

Gwenn se leva, remercia le bonhomme en le complimentant sur son lambig :

— C'est vraiment de la bonne !

Puis il regagna sa voiture et reprit la route de Sainte-Marine.

V

— Donc “Monsieur” va aller à l’île de Sein pour affaire et moi je devrais rester ici ? Pas question. D’abord je n’ai jamais mis les pieds sur l’île de Sein et ensuite je ne vois pas pourquoi “Monsieur” en profiterait tout seul, sous prétexte que c’est pour son business !

— Je vais faire une enquête, Soazic, rencontrer des gens pas forcément intéressants pour toi.

— Tu peux la faire ton enquête, moi je vais aller bronzer au pied du monument des Français Libres.

— Comme tu voudras.

Gwenn savait que, lorsque son épouse avait pris une décision, il était difficile de l’en faire démordre. Par ailleurs, secrètement, il n’était pas mécontent de la savoir à ses côtés. Il rayonnait de cette femme une force et une sérénité qui lui faisaient bousculer les montagnes et son intuition avait parfois aiguillé Gwenn vers des pistes auxquelles il n’avait pas songé de prime abord.

C’est sous un soleil radieux que le couple s’approcha de la vedette au port de Sainte-Evette, dans le goulet du Goyen, la rivière d'Audierne. Beaucoup de touristes s'agglutinaient déjà sur le quai en attendant le feu vert des matelots. Ceux-ci chargeaient le ventre du navire de palettes destinées à la population sénane. Bientôt, un marin décrocha le câble qui barrait l'accès au pont et les voyageurs commencèrent à embarquer.

La plupart grimpèrent sur le pont supérieur où Gwenn et Soazic se trouvèrent un siège sur le côté tribord.

— C'est là qu'il faut se mettre, dit-elle ; c'est le meilleur endroit pour profiter du raz de Sein.

Elle avait naturellement préparé la sortie avec sa minutie habituelle et Gwenn se plia de bonne grâce à ses propositions. Le capitaine lança les puissants moteurs diesel, fit machine arrière pour quitter le quai et mit le cap vers la haute mer. Bientôt, on longea la côte. Les habitations nombreuses et serrées qui coiffaient les falaises se réduisirent bientôt à quelques espars éparpillés sur une coulée de bruyère mauve. Les petites fleurs, bien que douées d'une exceptionnelle capacité d'adaptation aux milieux les plus difficiles, devaient pourtant laisser la place au roc nu de la falaise qui tombait sur un liseré d'écume blanche, frontière de l'océan. Loin, très loin, les mâts de quelques éoliennes signalaient leur présence à coup de pales gigantesques qui pourvoyaient la précieuse énergie des villages environnants tout en attendant la venue d'un hypothétique Don Quichotte. Quelques passagers se levèrent, sortirent leurs caméras et appareils photos et commencèrent un mitraillage en règle du paysage tandis qu'une voix assourdie par le bruit des moteurs annonçait dans un haut-parleur l'approche du raz de Sein.

Bientôt, tout le monde se pressa sur le tribord, cheveux au vent et regards éblouis. La mer d'huile s'était changée en un chaudron infernal d'où bouillonnaient d'énormes vagues sorties tout droit des enfers ; les rochers, épouvantables chicots de granit, traçaient en pointillés une ligne de la côte jusqu'aux deux tours dressées au large, le phare de la Vieille et la balise de la Plate. Telle la mâchoire d'un dragon, les rocs bavaient leur écume et projetaient avec fureur des embruns salés. Indifférents à la colère des éléments, trois petits bateaux de pêche, ballottés comme ces crevettes nettoyeuses de gueule de requin, traquaient le bar, le poisson royal du passage de Sein.

Nul mot, nul cri parmi les passagers : chacun retenait son souffle comme pour garder au fond du cœur cette sensation de force, de violence et de grandeur qui émane du chaudron. Puis la tension diminua, la sérénité revint, les conversations reprirent et le navire tourna le dos au dragon pour s'engager vers sa destination finale.

— Au fait, j'ai eu un appel pour toi hier, dit Soazic.

— Oui ?

— Un type qui dirige la maison de retraite “Les Hortensias Bleus”, tu connais ?

— Je devais le contacter. Probablement est-ce pour un rendez-vous avec madame Cloarec.

— En fait, il m’a dit de te dire que cette dame n’était pas au mieux de sa forme en ce moment et qu’il préférerait que tu attendes un peu pour la rencontrer. Mais il se tient à ta disposition et m’a dit que tu pouvais passer le voir sans rendez-vous.

— C’est très aimable de sa part. Mais je ne vois pas trop ce qu’il a à me dire. Enfin, je verrai bien. Regarde, nous arrivons.

La grosse vedette se fraya un passage entre les balises vertes et rouges d’accès au chenal, ralentit sa course et fila sur son erre avant de stopper complètement, sous le regard indifférent d’une colonie de cormorans noirs.

Sur le quai, des marins ravaudaient des filets ou restauraient des câbles endommagés par la dernière sortie en mer. Le flot des passagers s’écoula sur le môle avant de s’éclater en groupes qui se répandirent sur les chemins de l’île. Le village aux maisons pimpantes occupait le centre du territoire. Face à la violence du vent, les habitations s’étaient serrées les unes contre les autres, laissant à peine la place à quelques ruelles pompeusement baptisées “rues”. La nouvelle mode des couleurs avait ravivé les vieux murs qui se paraient de jaune, de vert, de bleu ou d'ocre, tel un bouquet de fleurs des champs posé sur un support d'i-kebana. Ceinturée par un large muret de pierres, l'île faisait face gaillardement aux intempéries mais, sous le soleil de juillet, elle resplendissait comme un joyau dans son écrin d'océan.

— Je te laisse à tes occupations. Moi je prends la route du phare ; c'est là-bas que les rochers sont les plus beaux et j'ai bien l'intention de rentrer bronzée comme une déesse égyptienne.

— Comme tu veux. Je suppose que tu vas te plonger dans ton bouquin sur l'hypnose en dix leçons ?

— Béotien ! C'est un traité universitaire d'un médecin canadien qui l'utilise pour éviter d'anesthésier ses patients.

Gwenn haussa les épaules avec résignation. L'hypnose était le dernier dada de sa femme et tant qu'elle y trouvait du plaisir, après tout c'était son problème. Il répondit simplement :

— OK, je te rejoindrai pour déjeuner. Garde le pique-nique.

Soazic embrassa Gwenn amoureusement puis salua en souriant et se mit en route. Gwenn pénétra dans le village, longea les ruelles endormies, passa la vielle église romane flanquée de deux menhirs gris et, finalement, tomba sur ce qu'il cherchait : "Le Goéland Boiteux", implanté à la limite des constructions, proposait à ses clients la presse, la boisson, les souvenirs et les cartes postales. Quelques tables en plastique blanc invitaient le voyageur à prendre place sous une tonnelle fraîche. Une porte béante sur un antre noir informa Gwenn que le bistrot était ouvert. Il marqua un temps d'arrêt puis pénétra dans la maison.

Il lui fallut quelques secondes pour que son regard s'accoutume à l'obscurité puis, très vite, son œil de journaliste aguerri fit le tour de la pièce : à gauche, en entrant, une table de formica sur laquelle s'empilaient les journaux du jour, quelques meubles de bois éparpillés et, coupant la pièce en deux, un énorme comptoir surmonté d'un baldaquin d'où pendaient des chopes à bière. Assise derrière le bar, la patronne feuilletait un magazine en tirant sur une cigarette américaine. Il émanait de sa personne une aura de gentillesse simple marquée au sceau de l'expérience. Au-dessus de sa tête, accrochés au plafond, un filet de pêche et une mâchoire de requin séchée. Dans un angle sombre de la pièce, un client adossé au mur, assis à une table, sirotait une bière, tête baissée, les yeux dans un journal. Gwenn s'approcha.

— Bonjour ! Je peux avoir un café, s'il vous plaît ?

La dame posa son magazine, toisa un instant le nouveau venu puis, satisfaite sans doute de son inspection, glissa du tabouret où elle s'était postée en sentinelle et se tourna vers la machine à expresso. Gwenn engagea la conversation.

— Vous n'avez pas grand monde, on dirait ?

— Non, les touristes sont sur les plages ou en balade, ils vont arriver pour l'apéro. Là, ça ne désemplit pas jusqu'à deux heures et demie, et puis après ça se calme.

— Vous connaissez bien leurs habitudes. Et en hiver, c'est pareil ?

La tenancière eut un moment de méfiance.

— Vous faites des recherches sur l'île de Sein ?

Gwenn rusa :

— En fait, je travaille pour une équipe de télévision. Nous sommes en train de préparer un reportage sur la mémoire des gens de l'île, ceux qui sont partis, ceux qui ont vécu et sont restés ici, ceux qui ont eu des parcours atypiques. On m'a dit que vous seriez la personne la mieux informée pour entamer mon travail.

Mise en confiance, la dame s'efforça de sourire. Gwenn avait utilisé le mot magique, "télévision", et ça marchait à tous les coups.

— C'est vrai que je connais bien des choses ici, j'ai toujours vécu sur l'île ; mon père récoltait le goémon, feu mon mari pêchait le homard. Un jour de tempête, il n'est pas rentré et depuis, j'ai ouvert Le Goéland Boiteux. Tous les gens de l'île passent chez moi un moment ou un autre et, forcément, font des confidences.

— Mais c'est très intéressant ce que vous me racontez là ! Vous permettez que je prenne des notes ? Donc c'est vous qui tenez ce bistro depuis le début ?

— Oui ; en fait, Le Goéland Boiteux était le nom du bateau de mon mari… Quand il a disparu, les assurances m'ont assez bien indemnisée et j'ai transformé la maison de mes parents en café. Tous les pêcheurs me connaissaient et sont venus chez moi pour me soutenir et puis les touristes ont commencé à venir l'été, ce qui m'a permis de continuer à vivre ici. Mais dites-moi, qu'est-ce que vous aimeriez connaître ?

— Nous sommes plusieurs à travailler sur des personnalités de l'île. Quand je dis "personnalité", je veux dire quelqu'un qui a eu une vie intéressante, différente, une histoire quoi ! Et mon personnage c'est Fanch Lefort. Est-ce que ce nom vous dit quelque chose ?

Elle plissa son front, signe d'une intense réflexion.

— Fanch Lefort, Fanch Lefort, attendez, ça me rappelle quelqu'un…

— Il était dans la Royale, il est mort en Indochine.

— Ah mais oui, Fanch Le Muet !

— Il était muet ?

— Oh non, mais pour lui sortir une parole c'était dur. Lui, il vivait dans une petite ferme au bout de l'île. Ses parents étaient amis avec les miens, aussi se voyait-on souvent. Malheureusement, un jour ils ont été expropriés parce qu'il fallait construire un sémaphore. L'état les a relogés sur le continent où ils ont dépéri et sont morts. C'est à cette époque que Fanch a quitté l'île définitivement pour s'engager dans la Royale.

— Il n'est jamais revenu ?

— Si, une seule fois, à l'occasion d'une permission. Je le sais parce qu'il est passé chez mes parents. Ce fut une soirée mémorable. Fanch s'est saoulé comme un cochon en racontant des histoires pas possibles sur l'Indochine et les Viets. Il racontait même qu'il allait quitter la Royale pour monter une entreprise de caoutchouc et qu'il allait faire fortune.

— Votre mémoire est extraordinaire.

— En fait, Fanch est un peu une légende sur l'île. Tout le monde connaît cette histoire.

— Et c'est vrai ? Il a fait fortune ?

— Alors là, mystère ! On savait par les gens qui allaient sur le continent que Marie Cloarec, son épouse, recevait régulièrement des mandats parce qu'elle ne s'occupait plus trop de la ferme mais vivait apparemment très bien. Et puis, un jour, on n'a plus eu de nouvelles : Marie était partie avec son petit à Quimper sans donner d'adresse. Depuis, il ne nous reste que l'histoire de Fanch Le Muet et de sa fortune d'Asie.

— Vous êtes remarquable. Ils avaient raison à Paris de me recommander votre adresse. Est-ce que vous auriez d'éventuels autres souvenirs sur Fanch ?

— Moi non, j'étais trop jeune quand il est parti. Mais vous pourriez peut-être aller voir le père Goffic.

— Qui est-ce ?

— Un vagabond vivant de choses et d'autres ; il s'est installé dans la vieille chapelle désaffectée au bout de la lande. Il vit seul là-bas avec son chien. Le soir, il lui arrive d'aller au bord de la falaise et de jouer de la cornemuse. Il joue faux mais il dit que c'est pour faire fuir les korrigans marins. Enfin vous voyez, c'est le genre un peu fêlé. Mais il a bien connu Fanch. Allez donc le voir !

— Comment peut-on le trouver ?

— C'est facile : suivez le chemin qui mène au phare ; à un moment donné vous verrez une ancienne chapelle de pierre désaffectée au bord du chemin. C'est là qu'il vit.

— Chère madame, vous m'avez été très utile. Notre reportage commence à bien prendre forme.

— Oh, je vous en prie.

Le client qui ne s'était nullement manifesté durant cet entretien se leva, jeta un billet sur la table et sortit. La dame ne put s'empêcher de s'exclamer :

— C'est ça les touristes : ça rentre, ça boit et ça s'en va sans rien dire. A croire que nous les îliens sommes des martiens !

Elle se dirigea vers la table où avait été installé l'inconnu, ramassa le billet et la chope vide et revint derrière son bar.

— Comment savez-vous que c'est un touriste ?

— Je connais tout le monde ici. Et je peux même vous dire que celui-là n'est jamais venu sur l'île.

Gwenn haussa les épaules et reprit sur un ton particulièrement reconnaissant :

— Encore une fois un grand merci pour votre aide ! Je vais aller voir le père Goffic. Soyez assurée que votre nom sera cité dans mon reportage.

Gwenn se sentait un peu honteux d'utiliser la crédulité des gens mais les informations qu'il en retirait n'étaient pas destinées à faire du mal. Il quitta Le Goéland Boiteux en adressant un sourire charmeur à la dame et se mit en marche vers le monument des Français Libres où l'attendait Soazic.

Dès que l'on quittait l'abri du village, la lande étalait son tapis de fougères roussies par l'air salin et le soleil. Aucune colline, aucun promontoire ne venait troubler la vision du promeneur et un sillon de terre battue traçait son passage à travers les hautes herbes. Au loin, à droite, la croix de Lorraine ; un peu plus loin, derrière le croissant d'une plage de galets, le phare ; allongée sur un tapis de mousse, Soazic s'était confortablement installée : avec son roman à bout de bras, son chapeau de paille à ruban rouge sur la tête, ses lunettes noires et son maillot de bain à fleurs qui laissait au soleil suffisamment de peau à caresser, elle jouait à la touriste impénitente. Le voyant arriver, elle se dressa et fit de grands signes du bras.

Petite tache de couleur claire sur la mousse vert tendre, Gwenn la repéra aussitôt et hâta le pas vers elle. Elle jeta son grand chapeau en l'air et sauta à son cou.

Soazic était de la même année que son mari. Les activités sportives ne répondaient plus à ses attentes mais elle partageait avec Gwenn les plaisirs de l'existence. Elle attaquait ses quarantièmes rugissants comme un fruit mûr qui a atteint sa plénitude. Un début de cellulite lui valait régulièrement des commentaires et des recommandations de Gwenn mais elle n'en avait cure. Et elle lui jetait dans un grand éclat de rire : « On parle d'un bon gros, jamais d'un gentil maigre ! »

Elle tempéra ses embrassades, rejeta ses longs cheveux noirs vers l'arrière et lui sourit.

— Mon minou, tu m'as manqué.

Il l'embrassa sur la bouche qu'elle tendait vers lui et la serra très fort. C'était à chaque fois un sentiment de bien-être qui l'enveloppait quand il la prenait dans ses bras et, insensiblement, les caresses se firent plus tendres, les baisers plus profonds et, bientôt, leurs deux corps nus s'enlaçaient sur la mousse.

Une houle monta progressivement en elle et son corps, tendu comme une corde de violon, se mit à vibrer au rythme des pénétrations, plus profondes, plus vives, plus chaudes, plus puissantes et son bonheur explosa comme une vague qui s'éclabousse sur la grève de galets et fait chanter chacun des petits cailloux polis d'une note harmonieuse qui s'évanouit dans le silence du bien-être.

Gwenn s'allongea à ses côtés et laissa son corps reprendre conscience. Au pied du monument des Français Libres, un petit lapin les dévisageait avec amusement tandis qu'un grand cormoran noir, perché au sommet d'un gros rocher en forme de menhir, agitait ses ailes au vent pour en sécher les plumes. Le vent du large avait tranquillement reconquis le silence de la lande déserte. Gwenn se leva, tendit la main vers sa compagne pour l'aider à se redresser et tous deux, se comprenant du regard, se jetèrent nus dans l'écume des flots qui venaient lécher leur nid d'amour.

— J'aime bien ces enquêtes-là, mon amour. J'espère que tu en as beaucoup d'autres comme celle-ci...

— Tu me ramènes à la réalité mais tu as raison. Je te propose de déjeuner d'abord et, ensuite, je poursuivrai mes investigations.

— Raconte-moi ce que tu as fait ce matin.

Tout en parlant, Soazic avait saisi son sac à dos pour en extirper une grande bouteille d'eau et quelques sandwichs. Gwenn lui raconta sa rencontre au Goéland Boiteux et son projet d'aller voir le père Goffic.

— Tu me dis qu'il vit dans une chapelle désaffectée ?

— C'est bien l'information que m'a donnée la tenancière du bistrot.

— Écoute, ce matin j'ai exploré les environs et je crois savoir où elle se trouve. En fait, elle est cachée par la végétation mais, en passant à côté, j'ai entendu un chien aboyer et je suis allée voir.

— Toujours aussi curieuse !

— Peut-être, en attendant j'ai trouvé cette chapelle. Elle était magnifique, toute en granit avec un clocheton fin et élégant.

— Eh bien, terminons de déjeuner et tu pourras me montrer ta découverte. Qu'est-ce qu'il y a pour le dessert ?

— Ton gâteau préféré.

— C'est vrai ? Un *cheese cake* ?

— Oui mon minou, tu vois que je pense à toi !

— Je t'adore !

Un quart d'heure plus tard, le couple rangeait les serviettes de bain et les papiers gras dans le sac et se mettait en route. Soazic reprit le chemin percé dans les fougères brunies jusqu'à ce qu'il s'éloigne du phare pour s'enfoncer dans une légère déclivité. L'orientation des plantes et la protection de la pente leur avaient donné davantage de vigueur aussi Gwenn fut-il un peu surpris quand son épouse quitta délibérément la piste pour s'enfoncer dans les hautes herbes. Vingt mètres plus loin, ils arrivaient dans une clairière au beau milieu de laquelle la petite chapelle leur souriait de sa porte bleue. Ils en firent le tour mais sans trouver âme qui vive. Gwenn mit ses mains en porte-voix et cria :

— Monsieur Goffic, monsieur Goffic, nous sommes des amis ! Où êtes-vous ?

— Si on entrait pour voir ? dit Soazic.

— Tu plaisantes, je suppose ?

— Écoute, c'est ton enquête alors si tu veux en savoir plus, à toi de décider.

— D'accord, d'accord.

Gwenn était partagé entre son souci de respect de la vie des gens et son désir sincère de comprendre le puzzle qui, petit à petit, étalait ses pièces sans lui donner de modèle. Finalement, il dit simplement :

— OK, on y va.

La lourde porte bleue n'était pas verrouillée. Soazic la poussa sans difficulté et pénétra dans la pièce. Il lui fallut un moment pour habituer son regard à la pénombre. Visiblement, il n'y avait personne dans cette petite pièce. Une table gardait encore les reliefs du dernier repas de l'occupant des lieux : une boîte de harengs ouverte et un verre ébréché. La seule chaise était renversée et quelques livres traînaient par terre. Soazic remarqua alors une autre porte sur le mur du fond et s'y dirigea résolument. Gwenn promena un regard analytique autour de lui. Cette chaise basculée au sol l'intriguait car elle ne collait pas avec l'apparent ordre des meubles du foyer. Soazic poussa le nouvel obstacle et pénétra gaillardement dans la seconde pièce. Au moment où Gwenn entrait derrière elle, son épouse stoppa net et hurla son abomination de toute son âme en dressant ses mains vers son visage comme pour se cacher de la vision d'horreur qu'elle venait de découvrir. Allongé par terre sur le ventre, le regard tendu vers elle, la langue tirée en avant et déjà noire, celui qui devait être le père Goffic avait figé dans la mort une indicible terreur ; autour du cou, serré comme un nœud de marin, le cordon blanc sale de sa vieille cornemuse dont les bourdons reposaient encore sur son dos comme de tristes banderilles.

Gwenn avait croisé la mort sur les routes de sa profession, il avait aussi acquis un sang-froid qui lui permettait souvent de traiter avec objectivité ses sujets de reportage. Il sortit Soazic de la vieille bâtisse, l'allongea sur le sol et prit son portable pour appeler les autorités. C'était tout ce qui restait à faire.

Les trois autorités de l'île s'étaient déplacées sur les lieux du crime : l'autorité politique en la personne du maire, Yvon Le Menec'h, marin en retraite et fort en gueule, l'autorité policière sous les traits de Marcel Cavalec, garde champêtre en uniforme vert qui tripotait nerveusement ses grosses moustaches et son arme de service et l'autorité morale avec Loïc Guyader, recteur de la paroisse, grand bonhomme sec aux cheveux gris coupés en brosse.

Le maire regardait avec effarement le corps sans vie du locataire de la chapelle :

— C'est effroyable ! Comment a-t-on pu faire une chose pareille ?

— Et surtout pourquoi ? répondit le prêtre.

Gwenn, après avoir appelé la mairie pour l'informer de la situation avait emmené Soazic à l'écart et s'était efforcé de rassurer sa femme. Mais le choc avait été rude et de longs sanglots salés ravinèrent ses joues avant qu'elle ne parvînt à reprendre la maîtrise de ses émotions.

Lorsque l'unique véhicule de l'île, transportant les trois compères, arriva, Gwenn se porta au devant d'eux pour les accueillir et résumer la situation.

Le maire reprit la situation en main.

— Monsieur, vous allez me laisser vos coordonnées. C'est la brigade de gendarmerie d'Audierne qui va traiter cette affaire. Marcel, établissez un périmètre de sécurité autour de la chapelle et restez ici en attendant les gendarmes. Loïc, ces personnes ont besoin de réconfort avant de repartir. Pourriez-vous les recevoir au presbytère en attendant leur bateau ?

— Sans problème, Monsieur le maire. Monsieur, Madame, voulez-vous me suivre ?

— Oui, bien sûr. Tu viens, Soazic ?

Madame Rosmadec acquiesça, serra la main de son époux qui avait tendu au maire une carte de visite et tous les trois prirent le chemin du village.

Le presbytère de l'île de Sein érigeait sa façade de granit face à la mer, comme un premier rempart face aux forces obscures qui animaient les flots. La vieille maison en avait connu des locataires, et chacun y avait imprimé cette force si caractéristique des gens de l'île. Gwenn jeta un regard circulaire et nota avec surprise la présence de marionnettes indonésiennes sur le manteau de la cheminée, d'un coffre en camphre de l'Inde du sud, d'un kriss malais sur un mur. Sur une table basse en teck trônaient deux pipes à opium en porcelaine bleue, probablement de facture M'hong. A l'évidence, le prêtre avait connu d'autres horizons.

Le recteur les installa dans des fauteuils confortables et leur proposa du café.

— Ce sera très bien pour moi, fit Gwenn.

— Moi aussi, dit sa femme.

Le prêtre quitta la pièce pour revenir bientôt avec trois bols fumants qu'il déposa sur la table. Le liquide chaud et sucré anesthésia les peines et teinta de rose les joues que l'effroi avait glacées.

Le recteur engloutit son bol avec une évidente satisfaction et se bourra une pipe. Mais, notant le regard circonspect de Soazic, il la reposa sur la table.

— Dites-moi, Monsieur le recteur, vous connaissiez la victime ?

— Tout le monde sur l'île connaissait le père Goffic. Il était un peu fou mais ne dérangeait personne. Et quand il jouait de la cornemuse sur la grève, chacun ici ressentait la même émotion, même s'il jouait toujours faux.

— Pourquoi aurait-on pu lui en vouloir au point de le tuer ?

— Je connais bien mes paroissiens, s'il leur arrive encore de se tabasser à la sortie du bistrot, aucun n'aurait pu commettre un tel forfait. C'est un continental qui a fait le coup. Donc le père Goffic avait des inimitiés ailleurs.

— Que savez-vous de son passé ?

— Avant de revenir sur l'île où ses parents tenaient une ferme, il avait été commando dans la Royale ; c'est d'ailleurs sa pension de marin qui lui permettait de survivre avec l'aide que la mairie lui avait accordée.

Gwenn se risqua à lui poser la question qui lui brûlait les lèvres :

— Savez-vous s'il connaissait Fanch Lefort ?

Le visage du prêtre marqua un temps de surprise.

— Bien entendu, puisqu'ils faisaient partie du même groupe de fusiliers marins en Indochine.

— Excusez-moi, Monsieur le recteur, mais comment savez-vous cela ?

— Parce que j'étais moi-même aumônier de leur régiment.

Ce fut au tour de Gwenn d'exprimer une stupéfaction muette.

Le prêtre reprit la parole :

— Cela n'a rien d'extraordinaire… Nous autres îliens avons peu d'options dans la vie : la pêche, un peu d'agriculture ou l'armée. A la sortie du séminaire de Quimper, j'ai demandé à retrouver mes compatriotes et c'est dans la Marine nationale que j'avais le plus de chance de les retrouver.

— Et donc vous avez connu en même temps Fanch Lefort et Goffic ?

— Pendant quelques années, tant que nous étions dans le même régiment. Puis ils ont quitté ensemble la Royale mais sont restés en Indochine. Si je me souviens bien, Fanch voulait racheter une plantation de caoutchouc.

— En avait-il les moyens ?

— J'ignore comment il a fait. Mais il a réussi. A l'époque, on a parlé de trésor caché qu'il aurait trouvé dans la jungle, justement avec son compère ; il y a eu aussi des histoires de trafics d'opium auxquels ils auraient été mêlés. Cette région du monde et cette époque laissaient le champ libre à toutes les aventures.

— Donc il a acheté une plantation.

— Je n'étais plus en Asie à ce moment-là. En fait j'ai profité du départ du recteur de l'île pour solliciter la place et l'évêque de Quimper a accepté, trop content de trouver un candidat spontané. Mais vous savez, les marins ça passe, ça vient, ça traîne au bistrot et on finit toujours par avoir des nouvelles de ceux qui sont partis. C'est comme ça qu'un jour on a vu débarquer le père Goffic. Visiblement, il n'avait plus sa raison mais il nous a raconté entre quelques beuveries que Fanch s'était bien installé comme planteur quelque part non loin de la frontière birmane. Lui ne voulait pas de cette vie-là et était rentré au pays. Il prétendit que Fanch allait lui envoyer beaucoup d'argent et qu'il n'aurait pas besoin de travailler mais le temps passa et il ne vit rien venir. Alors il chercha un travail comme saisonnier sur l'île. Comme il n'y avait pas de maison disponible, le maire de l'époque lui attribua la vieille chapelle désaffectée, avec mission en contrepartie de nettoyer le chemin côtier.

— C'est vers cette époque que Marie a eu un enfant, n'est-ce pas ?

— Vraiment ? Je l'ignorais. Marie n'était pas de chez nous... Nous n'avions aucune raison de nous informer à son sujet.

— Connaissiez-vous les raisons pour lesquelles le père Goffic pensait obtenir une manne de Fanch ?

— Non bien sûr. Il ne s'en est jamais ouvert publiquement. Mais maintenant que vous en parlez, je me souviens d'une soirée au bistrot ; c'était un soir de tempête effroyable et les hommes n'étaient pas sortis en mer, il était là et, après plusieurs tournées de gnole, il s'est mis à délirer à propos de son compagnon, Fanch Lefort, qui était un assassin et dont la femme, Marie Cloarec, l'avait dépossédé de sa part de trésor alors qu'il lui avait remis une lettre de son mari pour "faire l'amour par correspondance", lui qui avait un enfant mais qui ne tenait pas la route dans les maisons de passe de Pnom Penh.

— Que voulait-il dire ?

— Je n'en sais rien. Comment savoir ?

— Peut-être y a-t-il des informations disponibles à ce sujet dans les archives de la Marine ?

— Oui, à Brest. Tout est conservé dans les bâtiments de la vieille forteresse de Vauban.

A ce moment, une puissante sirène retentit dans le port tout proche.

— Voilà notre bateau, merci de votre accueil et de votre gentillesse, Monsieur le recteur !

— C'est tout naturel. Bon retour sur le continent.

Le vieux prêtre se leva et les raccompagna jusqu'au quai où la puissante vedette chargeait déjà son lot de touristes. Gwenn et Soazic s'engouffrèrent dans la cabine inférieure en attendant le départ.

VI

— Voilà maître Lefort tout ce que je sais depuis que j'ai commencé mon enquête. Avouez que c'est surprenant !

— C'est inouï, monsieur Rosmadec. La mort de ce pauvre Goffic est inattendue et suspecte. Croyez-vous qu'il y ait un rapport avec notre affaire ?

— Je n'en sais rien. La seule chose qui m'intrigue c'est le fait que l'assassin soit vraisemblablement venu du continent. Pour le moment, c'est un problème qui regarde la gendarmerie d'Audierne. Si vous en êtes d'accord, je vais poursuivre mes investigations sur votre père aux archives de la Marine et rencontrer votre mère lorsqu'elle se sentira mieux.

— Que voulez-vous dire ?

— Eh bien, le directeur de la maison de retraite m'a appelé. Il a eu mon épouse au téléphone et lui a dit que votre mère n'était pas en état de me recevoir.

— Tiens, ça c'est curieux ! Je suis allé la voir hier soir et elle était en pleine forme… Justement, je lui ai parlé de vous et elle était ravie à l'idée de vous raconter son existence. Bon, il faudra que je contacte Louarn.

— Qui est ce monsieur ?

— Malo Louarn, le directeur de la maison de retraite. Celui qui vous a appelé.

Gwenn changea de conversation.

— Je suis allé voir la ferme de Tréogat. Elle n'est guère entretenue.

— C'est vrai que j'ai toujours vécu ma vie d'adulte à Quimper et ma mère, en quittant la campagne, avait tiré un trait sur ce passé.

— En avait-elle honte ?

— Oh non, c'était une paysanne et elle en a gardé les manières et les valeurs. Mais comme mon père assumait largement nos moyens d'existence, le travail à la ferme ne se justifiait plus. Ensuite, nous avons touché un pactole lors de son décès. Ma mère a su gérer cet argent intelligemment et, dès lors, la ferme a été reléguée aux oubliettes.

— Elle aurait pu la vendre…

— Oui, mais c'est une paysanne, comme je vous l'ai dit, et donc son attachement à la terre est le plus fort. Elle a voulu garder la ferme, peut-être comme solution d'éventuel repli.

— Dites-moi, Maître, vous êtes nés à Plonéour-Lanvern, n'est-ce pas ?

— Pas du tout, je suis né précisément dans cette ferme, à Tréogat.

— Pourtant, j'ai rencontré un voisin qui prétend que Marie Cloarec est partie accoucher à Plonéour.

Le notaire marqua un temps de réflexion silencieuse.

— Il y avait bien cette histoire qui traînait, mais officiellement, je suis né à Tréogat.

— Quelle histoire, Maître ?

— Le voisin en question a dû vous parler de sa sœur, Anne Péron…

— Exact.

— Laquelle Anne est morte en couches à l'époque où je suis né.

— Encore exact.

— C'est lui qui, un jour, m'a raconté tout ça, le départ dans la nuit des deux femmes pour Plonéour, le retour de ma mère, seule avec son bébé, tandis qu'Anne avait perdu le sien en mourant.

— Qu'en pensez-vous ?

— Ce bonhomme avait eu beaucoup de chagrin. Je me suis longtemps demandé s'il n'avait pas inventé toute cette histoire.

— Dans quel but ?

— Peut-être trouver un bouc émissaire, peut-être trouver une justification à la perte de sa sœur. Il ne pouvait pas remettre en cause Dieu. Alors il a cherché une autre explication. Au fil du temps, il s'y est accroché et c'est devenu pour lui la seule vérité. Mais, pour cela, il fallait que j'admette sa version des faits.

— Aujourd'hui, quelle est votre opinion ?

— Honnêtement, je n'en sais rien du tout. C'est peut-être un autre mystère qu'il vous faudra élucider, monsieur Rosmadec.

Le notaire touilla son infusion d'une main moite que le filet de lumière tombant du plafond jaunissait comme un vieux parchemin fripé. Il resta silencieux ; visiblement, le rapport que Gwenn lui avait fait de ses pérégrinations l'avait touché, un peu comme un patient qui, chez son psychanalyste, commence à entrouvrir les portes d'un passé qu'il croyait révolu et se demande encore s'il va franchir le pas. Il but une petite gorgée de tilleul-menthe, se rasséréna et dit :

— Continuez, monsieur Rosmadec. Je me doutais bien que mon passé était porteur d'un quelconque secret et il va nous falloir le découvrir.

— Très bien, Maître... Je pars demain à Brest consulter les archives de la Marine nationale pour tenter d'y découvrir des informations sur votre père.

— Parfait. J'ai fait taper une lettre à l'intention du commandant Ronan Lamarre qui dirige ce service. Il devrait vous être très utile. Vous la prendrez auprès de ma secrétaire. Bonne chance, monsieur Rosmadec !

Le petit notaire se leva, signe que l'entretien était terminé. Gwenn se dirigea vers le bureau annexe où officiait la vieille secrétaire. Celle-ci l'attendait, toujours impeccablement vêtue de son tailleur Chanel.

Ses cheveux gris rassemblés en chignon et ses longs ongles manucurés et passés au vernis rouge vif lui donnaient un air d'espionne sur le retour. Elle tendit à Gwenn une enveloppe à en-tête de l'étude et, derrière la froideur professionnelle, Gwenn crut percevoir une lueur de cruauté. « Comment le père Lefort a-t-il pu passer autant de temps avec ce dragon ? » se demanda-t-il. « Peut-être y a-t-il un lien caché qui unit ces deux personnes ? Qui sait ? » Et il se prit à imaginer en souriant le vieux notaire à quatre pattes devant sa secrétaire gainée de cuir et armée d'une cravache. Il se força à être aimable.

— Ce n'est pas trop dur de travailler ici ?

— Cela fait vingt ans que je suis au service de maître Lefort et je n'ai jamais eu à m'en plaindre. Et puis, je dispose de suffisamment de temps libre pour m'adonner à mes loisirs préférés.

— Le tricot ? hasarda Gwenn.

Deux éclairs jaillirent dans les yeux de la secrétaire qui se contint et répondit d'un ton sec :

— Non Monsieur, le marathon sur la plage, tous les dimanches. Rien de tel pour vous maintenir en forme et conserver la ligne.

Et elle ajouta d'un ton perfide :

— A voir votre petite brioche, cher Monsieur, cela ne vous ferait pas de tort de courir un peu…

Gwenn n'insista pas et prit congé. Au moment où il entrait dans sa voiture, son portable sonna. Sur l'écran, le nom du correspondant s'afficha : Soazic. Il était rare qu'elle ait à appeler à cette heure de la journée. Gwenn décrocha à la hâte.

— Allô doudoune, qu'est-ce qui se passe ?

Entre deux sanglots, la voix de son épouse éclata :

— Viens vite, nous avons été cambriolés !

— J'arrive immédiatement. Appelle la gendarmerie et ne touche à rien.

VII

Il ne fallut que quinze minutes à Gwenn pour parcourir les 17 kilomètres qui séparaient Quimper de Sainte-Marine. Devant sa maison, un fourgon bleu de la gendarmerie attendait, gyrophares en branle.

Par la porte ouverte, il aperçut dans le hall d'entrée la silhouette de son épouse qui discutait avec deux gendarmes en uniforme. En s'approchant, il se rendit compte que l'un des militaires était une femme. Toutefois, rien ne différenciait son uniforme de celui de son homologue.

Elle se tourna vers le nouveau venu, porta sa main droite tendue à son képi et déclara :

— Adjudant Le Roy, de la brigade de Pont-l'Abbé et voici le sergent Le Loup.

— Que s'est-il passé ?

Soazic se tourna vers son mari :

— Regarde ! dit-elle.

Gwenn pénétra plus avant dans la maison. Ce fut un choc : la table avait été renversée, les chaises retournées, les tiroirs du bahut indien vidés de leur contenu qui s'éparpillait sur le tapis du Rãjasthãn.

— Sais-tu si on nous a volé quelque chose ?

— Apparemment, une seule : ton ordinateur portable qui était sur le bureau dans la mezzanine.

— Mais c'est complètement fou ! Il y a là par terre des objets qui valent bien plus que ce vieux portable.

La gendarmette reprit la parole :

— Monsieur Rosmadec, nous avons noté les déclarations de votre épouse. Voyez-vous, nous faisons le même constat que vous. Des vols par effraction, il y en a un certain nombre dans la région mais, en général, les cambrioleurs s'accaparent de l'argenterie ou de la hi-fi qu'ils peuvent assez facilement écouler sur un marché parallèle. D'après les premières constations, il semble que le ou les voleurs ne soient venus que dans le seul but de récupérer votre ordinateur. Alors je me demande naturellement ce qu'il y avait dedans de si précieux. Peut-être allez-vous éclairer notre lanterne ?

— Rien d'extraordinaire, adjudant Le Roy : le suivi de mon compte en banque, les archives de mon courrier personnel, un logiciel de jeu d'échecs.

— Y avait-il des documents relatifs à votre profession ?

— Non, aucun. Naturellement j'utilise le traitement de texte de mon ordinateur mais le contenu de mes informations est directement enregistré sur un CD-ROM. Je ne laisse strictement rien sur le disque dur.

— Croyez-vous que l'on puisse en vouloir à ce contenu ?

— Bien évidemment, les données sont confidentielles mais, en aucun cas, elles ne portent atteinte à la vie privée de mes clients.

— Nous avons été informés par nos collègues d'Audierne de votre problème à l'île de Sein. Je ne peux m'empêcher de faire le rapprochement entre ces deux affaires. Aussi, dans l'intérêt de la justice et de notre enquête, je vous demanderai de me remettre une copie de ce CD-ROM.

— Oui bien sûr, je comprends tout à fait la situation. Où en est-on à propos de ce pauvre Goffic ?

— Nous avons maintenant le signalement de l'assassin.

— Belle efficacité. Comment avez-vous fait ?

— Nos collègues ont procédé à l'interrogatoire de tous ceux qui se trouvaient à proximité du lieu du crime. Figurez-vous que le gardien du phare était monté bricoler la lanterne et s'était amusé, comme à son habitude, à braquer ses jumelles sur la plage. Il n'a rien perdu de vos – hum – joyeux ébats… Mais, en même temps, il a remarqué qu'un individu se rendait vers la chapelle du père Goffic dans laquelle il s'est introduit pour en ressortir quelques minutes plus tard. Son passage correspond à l'heure de la mort telle qu'elle a été fixée par le médecin légiste. Nous avons ensuite présenté ce portrait robot aux gens de l'île et nous avons découvert que vous avez côtoyé cet homme.

— Moi ?

— Il a été formellement reconnu par la patronne du Goéland Boiteux ; ce client a bu une bière dans son bistrot au moment où vous étiez en conversation avec elle.

Gwenn se remémora effectivement la présence du client solitaire qui était parti sans mot dire. Il avait effectivement suivi leur conversation et savait donc que Gwenn irait rendre visite à Goffic. Ce pauvre vieux devait connaître quelque chose qui ne devait être révélé à personne. L'assassin n'avait donc pas pris ce risque : il l'avait purement et simplement éliminé. Mais alors, ce type n'était là que pour le surveiller… C'était pour se protéger qu'il avait pris l'initiative d'en finir avec le vieux vagabond…

La gendarmette laissa Gwenn à ses rêveries puis reprit la parole :

— Vous comprenez, monsieur Rosmadec, qu'un assassin est en liberté et que c'est probablement en rapport avec l'enquête que vous menez… Je vous demanderais donc de nous communiquer systématiquement toute information que vous seriez amené à découvrir et qui pourrait nous aider à neutraliser cet individu.

— Vous pouvez compter sur moi. Au fait, avez-vous relevé ses empreintes ?

— Il n'y en a pas, monsieur Rosmadec. Nous avons affaire à un professionnel de la cambriole. Il n'a laissé aucune trace de son passage.

— Pourtant il n'a pas hésité à mettre ma maison sens dessus dessous.

— C'est une signature ou peut-être un avertissement, qui sait ? Il veut vous faire peur, je vous recommande donc la plus grande prudence.

— J'en ai connu d'autres ; rassurez-vous, je ne me laisserai pas faire.

— Je ne doute pas de votre courage monsieur Rosmadec. Mais vous n'êtes pas seul à vivre dans cette maison. Soyez donc extrêmement prudent pour vous et votre entourage.

— J'ai compris le message. Au revoir Adjudant !

Les deux militaires regagnèrent le fourgon qui disparut bientôt dans le virage. Gwenn rejoint son épouse et la prit dans ses bras.

— Qu'est-ce qui nous arrive, Gwenn ? Pourquoi cela nous tombe-t-il dessus ?

— Ne t'inquiète pas, ma chérie. Je pense que la gendarmette a exagéré la situation pour nous exhorter à la prudence. Mais nous ne risquons rien.

— Il y a déjà eu un mort, et dans des conditions horribles. Et tu prétends que nous ne risquons rien ? Gwenn, mon amour, j'ai peur. J'ai peur pour toi quand tu pars sur les routes faire tes enquêtes, j'ai peur quand tu ne reviens pas à temps.

— C'est exactement ce que cherchent ceux qui nous en veulent. A nous de savoir faire face à cette situation et de la maîtriser. Et je sais que tu en es capable.

— Oh, Gwenn…

Les mots disparurent au fond de sa gorge et une petite larme coula le long de sa joue mais elle le regarda et l'embrassa très fort.

— C'est nous qui gagnerons et je ne laisserai personne te faire de mal !

Par la baie vitrée, un buisson de rhododendrons mauves laissait éclater ses couleurs dans l'air tiède du vent d'été.

— Je t'emmène aux Glénan. Cela va nous changer les idées.

— D'accord.

*

Le *Diaoulig ar Mor,* le diablotin de la mer, reposait sagement à son mouillage au ponton. De place en place, des skippers de tous âges s'affairaient, qui sur les coques, qui sur les voiles, qui sur les moteurs.

Gwenn et Soazic embarquèrent sur le gros pneumatique. Par expérience, Gwenn trouvait que c'était le type de bateau qui offrait le plus de possibilités d'évasion. Il fixa sur leurs sabots le sondeur, le compas et le GPS. Puis il mit le contact, les témoins lumineux s'allumèrent et d'une pression sur la manette du TRIM, Gwenn fit descendre le puissant 90 CV dans l'eau et lança le moteur.

Soazic défit les nœuds des bouts qui maintenaient Diaoulig au catway puis s'installa à la proue. Marche arrière lente pour sortir du parking, avant lente pour quitter le port puis progressivement la vitesse monta à 3 nœuds et Gwenn se glissa au centre de l'Odet, cap au sud vers la pleine mer.

Un peu partout autour d'eux, les bateaux des plaisanciers sillonnaient les eaux comme les tiges d'un énorme bouquet qui s'ouvrait en un large éventail à l'embouchure. Chacun partait vers son coin secret de pêche ou de plongée mais beaucoup faisaient route vers les Glénan, archipel magique posé au sud de la large baie qui s'étend de Loctudy à Concarneau.

Gwenn accéléra pour déjauger et maintint une vitesse et un cap réguliers. Dans le bleu du ciel où quelques rares nuages s'étonnaient eux-mêmes de leur présence, des fous de Bassan au plumage clair s'ébattaient tandis qu'un cormoran solitaire rasait la surface à tire d'aile.

Soazic s'approcha du pilote.

— Tu as l'air soucieux…

— En fait, je ne vois pas l'île aux Moutons. Elle doit être prise dans une brume de chaleur et, avec tous les rochers qui l'entourent, il y a intérêt à être prudent.

— Regarde derrière toi !

Gwenn se retourna tout en maintenant une main ferme sur le volant. La côte avait disparu, noyée dans le brouillard. Il se rendit alors compte que, sur ce morceau d'océan, ils étaient seuls. Cela ne l'effraya pas pour autant. Gwenn était un marin prudent et avisé et ne prenait jamais de risque en mer. Il ralentit la marche et jeta un œil sur le GPS. Pas de problème, la route suivie était la bonne. Les Moutons devraient apparaître bientôt.

De fait, l'eau, de vert olive changea progressivement de teinte pour devenir complètement translucide et révéler aux voyageurs les mystères de ses fonds : de grandes algues brunes, des laminaires, ondulaient sous l'étrave du pneumatique, abritant une faune variée de poissons, de crustacés et de coquillages. Gwenn ralentit encore, tant pour apprécier le spectacle sous-marin que pour évaluer la situation. Ils étaient maintenant entrés dans une nappe de brouillard et on pouvait distinguer les rochers fantomatiques ceinturant l'île au Moutons qui accrochaient des lambeaux de brume pour s'en faire des écharpes cotonneuses.

— Ça y est, je sais où nous sommes. Nous pouvons naviguer à vue. Prépare la gaffe à tout hasard.

Soazic obtempéra. Elle savait, pour en avoir déjà fait l'expérience, qu'il ne peut y avoir qu'un seul capitaine à bord. Gwenn pouvait voir nettement le phare de l'île et la grande éolienne blanche qui y fournit l'énergie nécessaire. Il longea un récif où un reste de coque d'acier qui s'y était autrefois éventré finissait de disparaître, mangé par les remous d'écume ; puis il s'engagea dans la passe par laquelle il pourrait atteindre la route de l'archipel loin derrière. Au môle de l'île, une grosse vedette noire était amarrée mais Gwenn ne distingua personne, ni sur le bateau ni sur l'île. Les occupants étaient probablement sur l'autre côte, cachés par le phare. Gwenn porta son regard vers l'horizon, là où il savait pouvoir trouver la tour carrée de l'île Penfret. Perdue dans le brouillard, il la devina plus qu'il ne la vit, par cette espèce de sens qu'ont les marins quand ils sont en mer. Gwenn augmenta un peu la vitesse quand il sentit que le bateau était sorti de la zone dangereuse des rochers. Diaoulig se cabra un peu et réagit aux sollicitations de son capitaine. Soazic, debout à l'avant, tendit son index vers les Moutons et cria :

— Regarde !

La vedette noire avait quitté son mouillage et filait à grande vitesse pour les dépasser par bâbord. Gwenn maintint son cap tout en gardant un œil sur l'autre embarcation. Soudain, alors que celle-ci fonçait sur une ligne parallèle, son pilote manœuvra résolument sur la droite pour couper la route du Diaoulig. Gwenn ralentit encore l'allure afin de le laisser passer devant. Mais l'autre inclina légèrement sa route en accélérant l'allure. Gwenn comprit avec affolement que la vedette noire cherchait tout simplement à les éperonner. Il jeta à Soazic le gilet de sauvetage qu'il conservait toujours dans le coffre sous le volant.

— Mets ça tout de suite et accroche-toi ! Ça va tanguer !

La main droite fermement serrée sur la manette des gaz et l'autre sur le volant, Gwenn laissa le pirate s'approcher. La collision semblait à présent inévitable, d'autant que l'autre augmentait sa vitesse. Plus que quelques mètres et Diaoulig allait éclater sous le coup de boutoir du puissant navire.

La main de Gwenn se crispa sur l'accélérateur tandis que ses mâchoires se serraient comme un étau. Son regard plissé évaluait avec toute son expérience de marin le moment de la collision. Deux secondes, une seconde, et Gwenn tourna violemment le volant sur la droite tout en accélérant brutalement puis en coupant les gaz. Les deux bateaux naviguèrent bord à bord quelques instants et la vedette noire, emportée par sa vitesse, poursuivit sa route, laissant Diaoulig en arrière.

Gwenn accéléra immédiatement et reprit le cap des Moutons qu'il allait contourner par l'est.

Surpris par cette manœuvre à laquelle il ne s'attendait pas, le pilote de la vedette noire ralentit, effectua un demi-tour et relança sa course folle. Gwenn jeta un œil derrière lui tout en maintenant son cap.

— A nous deux, mon bonhomme ! Tu as cru nous avoir mais, maintenant c'est moi qui donne les cartes !

Gwenn savait qu'il ne pourrait guère lutter de vitesse avec l'autre navire. Mais il disposait d'un atout dont il allait faire usage. Il scruta attentivement le découpage de la côte de l'île aux Moutons et trouva bientôt ce qu'il cherchait. Insensiblement, il commença à ralentir sa course et modifia légèrement son cap qu'il infléchit légèrement sur l'ouest.

La vedette noire gagnait du terrain. Le pirate serait bientôt sur ses talons et, Gwenn le savait, aucune pitié n'était à en attendre. Aussi, sa décision était prise. Il scruta encore attentivement le rivage, à travers les lambeaux de brouillard encore accrochés aux récifs, obliqua un peu vers le large et ralentit encore sa vitesse.

Le grondement du moteur de la vedette emplissait l'air comme le cri victorieux du prédateur avant de s'abattre sur sa proie. Gwenn pouvait distinguer la silhouette du pilote, tout excité, qui tressautait derrière le gouvernail, dans sa cabine vitrée. Bientôt, le regard des deux hommes put se croiser et Gwenn y lut une violence froide, inhumaine, tandis que la bouche du meurtrier s'ouvrait sur un sourire de carnassier.

Gwenn eut aussi un petit sourire et il laissa éclater sa joie lorsque la grosse vedette vint s'éclater sur un rocher sous-marin ; l'étrave ouverte, l'eau s'engloutit par cette voie et le navire culbuta en avant. L'essence accumulée dans le réservoir se répandit sur le pont et s'enflamma. La vedette noire explosa dans une gerbe de feu, de ferraille, de bois et de plastique en un terrible fracas.

Gwenn, sans le moindre regard pour son adversaire, avait aussitôt remis les gaz pour mettre Diaoulig à l'abri des dangereuses retombées. Puis il ralentit sa course et fit demi-tour à vitesse lente. Un peu abasourdie par la suite des événements, Soazic regarda son mari, l'interrogeant du regard.

— Tu vois, il était plus gros et plus rapide. Mais il ne connaissait pas assez cette zone et, avec mes 30 cm de tirant d'eau, je suis passé sans problème là où il est allé s'éventrer. Bon, on va aller voir ce qui reste de ce monsieur.

Mais ce fut en pure perte : l'homme avait coulé avec sa vedette. Gwenn fit quelques passages autour de la zone du sinistre où flottaient épars divers morceaux de la coque noire puis il reprit le cap pour Sainte-Marine.

— Gwenn, c'est la deuxième fois qu'on s'en prend à nous. Qu'est-ce qui se passe ?

— Honnêtement, je n'en sais rien. Mais je crois qu'il y a un mystère autour de Marie Cloarec et certaines personnes ne veulent pas que j'en sache davantage.

— Tu laisses tomber, n'est-ce pas ?

— Crois-tu vraiment qu'eux vont laisser tomber ? La guerre est déclarée. Je ne connais pas l'ennemi ni sa motivation, mais ils ont osé toucher à ma maison et tenter de te tuer. Je n'ai plus le choix. Pour te protéger et pour comprendre, il faut me battre !

Soazic haussa les épaules. Une longue vie pleine de complicité affectueuse les liait et elle le connaissait trop pour savoir qu'il ne renoncerait plus. Son devoir était d'être à ses côtés et de le soutenir aussi fort qu'elle le pourrait. C'était devenu son combat à elle aussi.

VIII

— Heureux de vous revoir, adjudant Le Roy.

— Bonjour monsieur Rosmadec. Décidément, il semblerait que nous soyons destinés à nous rencontrer régulièrement, me semble-t-il ?

— Pour mon plus grand plaisir, adjudant Le Roy. Savez-vous que cet uniforme met particulièrement en valeur votre plastique de sportive.

La gendarmette sourit gentiment.

— On ne me l'avait jamais dit. Mais je suis ici d'abord pour des raisons professionnelles. Ne vous trompez pas de style.

— Ça me rassure, Adjudant. Alors que savez-vous de cette vedette noire et de son triste capitaine ?

— Le bateau a été volé sur un chantier naval de la Trinité-sur-Mer. Quant à son pilote, nous ne connaissons pas encore son identité mais le corps a été récupéré par une équipe de plongeurs démineurs et nous savons maintenant qu'il s'agit bien de l'assassin de Goffic. La photo du visage du noyé a été transmise au maire de l'île de Sein et ceux qui l'avaient croisé l'ont formellement reconnu.

— Il faudrait donc savoir pourquoi il a fait ça ou pour le compte de qui.

— C'est peut-être vous qui disposez des éléments de la réponse, monsieur Rosmadec.

— Je ne peux guère vous en dire plus que vous ne connaissez déjà. En fait, je me pose moi aussi les mêmes questions avec cette différence que je n'en suis pas un simple témoin mais un acteur involontaire : je ne connais pas le texte et, comme les gladiateurs, je peux mourir avant la fin du spectacle.

— C'est bien la raison pour laquelle votre maison va être mise sous protection discrète. Je vous demande par ailleurs de me communiquer le moindre de vos déplacements.

— Dois-je considérer que je suis un appât ?

— Vous êtes un si bon acteur, monsieur Rosmadec, nous n'allons tout de même pas nous priver de vos talents !

Ce fut au tour de Gwenn de sourire. Il répondit :

— Naturellement, vous jouez aussi dans la pièce ?

— Bien entendu, monsieur Rosmadec. Allez, kenavo, je vous laisse réviser vos dialogues…

IX

L'ancienne citadelle que Vauban a érigée sur une falaise au-dessus du port de Brest a gardé toute sa grandeur passée. Posée comme un gros chat sur le bord de la falaise, elle surveille la côte tout en gardant l'œil ouvert sur ses arrières urbains.

D'énormes bouches à feu montent la garde de part et d'autre de la porte massive qui s'ouvre prudemment sur les visiteurs. Deux marins armés et coiffés de leur célèbre béret à pompon rouge arpentent le chemin d'accès selon un rite institutionnalisé, en attendant la relève.

Gwenn s'approcha d'une guérite et présenta sa lettre d'introduction au factionnaire. Celui-ci prit le document, le parcourut rapidement et décrocha un téléphone pour communiquer l'information. Puis il se retourna vers Gwenn, lui rendit son document, appuya sur un bouton qui mit en branle l'ouverture silencieuse d'un portillon.

— Vous pouvez rentrer, monsieur Rosmadec. Vous êtes attendu.

Gwenn se glissa dans l'ouverture béante et s'introduisit dans un long corridor au haut plafond voûté, sobrement éclairé par des néons. Au fond, une ouverture cintrée laissa passer un officier de marine qui vint au devant de Gwenn.

— Bonjour monsieur Rosmadec. Commandant Lamarre. Bienvenue à la citadelle !

— Heureux de vous connaître, Commandant. Je vous suis.

Le commandant Lamarre était un homme chaleureux. Sous sa casquette d'officier, son visage exprimait une grande sensibilité qu'il s'efforçait de cacher derrière un collier de barbe noire. Mais, en dépit de la rigueur de celle-ci, les lèvres esquissaient un sourire accueillant. Cet officier savait diriger ses troupes tout en leur exprimant beaucoup d'attention...

Les deux hommes s'engouffrèrent dans le passage étroit qui s'ouvrait un peu plus loin sur une grande salle lumineuse où divers objets de marine étaient exposés.

Protégés dans des boîtes vitrées, de magnifiques maquettes de vaisseaux fendaient des flots imaginaires à la gloire de la marine française. Sur un mur, soutenue par deux angelots joufflus, la plaque en bois coloré du Tonnerre, vaisseau de Sa Gracieuse Majesté Louis XIV ; de l'autre côté de la salle, une figure de proue tendait son regard vers un horizon imaginaire tandis que ses longs cheveux de bois continuaient de flotter dans le courant d'un vent qui n'existait plus.

Le commandant Lamarre s'approcha de la statue.

— Elle est belle, n'est-ce pas ?

— Superbe. Quel dommage que nos bâtiments modernes aient abandonné cette idée de s'orner d'une figure de proue.

— Il a bien fallu prendre en compte la réalité de la guerre moderne. Mais je suis comme vous. Ce côté un peu chevaleresque des capitaines d'autrefois m'a parfois manqué. Voyez-vous, lorsque j'occupais le fauteuil de pacha sur une frégate postée en Mer Rouge, je disposais au bout des doigts de toute la puissance de feu de mon navire. Un coup d'index sur une manette et des obus extrêmement précis pouvaient détruire sans problème tout ennemi à portée de canon. Le temps de l'abordage des corsaires est révolu.

— Et cette puissance de feu, vous en avez fait usage ?

— Cette partie de mon existence relève encore du secret-défense, monsieur Rosmadec. Mais, quand il a fallu agir, soyez certain que mon pays a pu être fier de moi, même s'il ne le sait pas encore.

Gwenn perçut une légère trace de regret dans les propos du commandant.

Les hommes ont besoin quelque part de cette reconnaissance que le métier d'officier dans la Marine ne leur accorde pas.

Lamarre secoua les épaules comme pour se débarrasser de ces réminiscences puis se tourna vers Gwenn en disant :

— Je vais vous montrer comment nous avons mis en relation le présent et le passé. Regardez bien.

Ce disant, il pinça quelques instants les narines de la belle en bois et recula. La statue, mue par un mécanisme invisible et silencieux, pivota sur le côté, découvrant un escalier qui s'enfonçait dans les profondeurs de la citadelle.

Lamarre en descendit les premières marches, enfonça un interrupteur caché dans le mur qui éclaira le lieu et poursuivit sa route en disant :

— Suivez-moi !

Gwenn ne se le fit pas dire deux fois. L'escalier comptait une soixantaine de marches de granit.

Lamarre continua son explication :

— Voyez-vous, lorsque la Marine a mis en place un musée, il a fallu déblayer une partie de la construction, tout en préservant certains éléments historiques. C'est à cette occasion qu'un architecte du Génie est tombé sur ce passage. Des fouilles ont été effectuées et nous avons alors découvert l'existence de plusieurs salles dissimulées dans les fondations. C'était probablement un projet de Vauban pour permettre au gouverneur du château de s'y cacher avec quelques hommes de sa garde en attendant d'être délivré par les troupes du roi.

— Comment se fait-il que ces caches soient restées secrètes aussi longtemps ?

— Précisément parce qu'elles étaient secrètes. Seul, le gouverneur de la place en connaissait l'existence ; l'un des derniers gouverneurs de Louis XVI est mort en place publique sous le couperet de la guillotine.

— Qu'en avez-vous fait par la suite ?

— Nous pouvions naturellement en faire usage pour le développement de notre musée. Mais l'amiral commandant la zone en a décidé autrement. Une partie de la citadelle avait déjà été réquisitionnée pour y installer la préfecture. Il a donc été décidé en haut lieu que la Marine y installerait ses archives de toute l'histoire de la flotte atlantique. Avantage non négligeable, l'air y est très sec, ce qui facilite la conservation des manuscrits.

— Vous devez posséder des trésors, je suppose ?

— Vous n'imaginez pas un seul instant la nature extraordinaire des documents conservés ici. Mais mieux encore : tout a été informatisé et les documents scannés de telle manière qu'il n'est plus nécessaire de sortir les parchemins. Les chercheurs peuvent travailler sur écran.

Les deux hommes atteignirent enfin le bas de l'escalier qui donnait sur une gigantesque salle de travail.

Tout le long des murs, sur des consoles appropriées,

des séries d'ordinateurs attendaient d'éventuels utilisateurs. Certaines consoles étaient d'ailleurs occupées par des marins ou des officiers en uniforme. Une longue table trônait au centre de la pièce et plusieurs imprimantes reliées au réseau par des câbles courant sur le plafond, attendaient de pouvoir cracher leurs données.

— Par ici, monsieur Rosmadec.

Le commandant Lamarre le mena vers un bureau vitré et le fit asseoir en face de lui.

— Si vous me disiez la raison de votre visite ?

X

Cela faisait bien deux heures que Gwenn sillonnait l'espace de l'écran à grand clics de souris pour faire défiler l'histoire du fusilier marin Fanch Lefort. Il avait retrouvé son contrat d'engagement, son affectation à l'école militaire pendant deux mois avant son premier embarquement sur la "Moselle", un pétrolier ravitailleur à bord duquel il avait découvert les navires de protection de la grande pêche à Terre-Neuve. Puis il avait eu droit à six mois d'entraînement commando à terre avant de repartir sur le "Montcalm", un croiseur qui accompagnait le porte-avions "Arromanches". Il avait été affecté à Saïgon, à l'issue du voyage et chargé plus spécialement de la protection du gouverneur français. Les rapports faisaient état d'un soldat taciturne mais efficace qui remplissait sa tâche sans état d'âme. Gwenn fit alors une découverte surprenante. Un rapport détaillait une mission du soldat Lefort et ses conséquences dramatiques. Bien que le récit en fût purement administratif, l'imagination de Gwenn en reconstitua les détails comme s'il se fût agi d'une scène de cinéma.

« A l'occasion d'une visite de son patron dans les collines, ils avaient failli tomber dans une embuscade. Fanch Lefort avait alors fait montre de beaucoup de courage et de détermination, protégeant non seulement la vie du gouverneur mais réussissant aussi à mettre en fuite les assaillants. Pour ce faire, il n'avait pas hésité à faire un barrage de son corps et avait froidement mitraillé tous ceux qui avaient tenté de s'approcher. Lorsque, tirée d'affaire, la petite troupe fit le bilan de la situation, on remarqua une tache de sang qui s'élargissait dans l'entrejambe du soldat Lefort, là où un poignard s'était enfoncé. Sans mot dire, Fanch l'ôta de sa gangue de sang et s'assit par terre pour s'évanouir.

Lorsqu'il se réveilla, il était allongé dans un lit de l'hôpital militaire de Saïgon, soigné par deux petites infirmières annamites. Sur la table de nuit, on lui avait laissé le poignard. Il regarda autour de lui pour comprendre, puis lui revint l'histoire de l'attaque, de la fuite des rebelles, de sa blessure et, instinctivement, il souleva les draps pour constater l'étendue des dégâts.

Tout son bassin était emmailloté dans de larges bandes blanches lui interdisant de faire le moindre diagnostic. Par ailleurs, il était devenu insensible en dessous de la ceinture.

— Pas toucher, fit une des infirmières en remettant le drap en place.

Fanch se laissa faire, habitué à obéir dès lors que l'ordre provenait d'une autorité attestée.

Le médecin passa dans le courant de la journée.

– Vous avez eu de la chance, soldat Lefort. L'ennemi s'est vraisemblablement baissé pour éviter votre mitraille, il a raté son lancer et le poignard qui devait probablement viser le cœur s'est fiché dans votre aine. D'ailleurs, regardez !

L'homme de l'art empoigna l'arme fatale sur la table de nuit et en fit un commentaire de connaisseur :

– Lame fine, légère, très pointue, bien équilibrée. Elle est destinée à voler et tuer d'un coup net. D'ailleurs, elle a fait du dégât.

Le docteur attendit que Fanch exprime une réaction mais Fanch le muet se mura dans son silence. L'homme en blanc continua :

– C'est dans la limousine du gouverneur qu'on vous a ramené ici. Vous avez été pris en charge immédiatement par l'équipe de garde et traité efficacement : nous avons arrêté la déchirure interne et suturé la plaie après avoir soigneusement désinfecté la blessure. Dans un mois vous devriez être sur pied.

Le docteur attendit encore un commentaire qui ne vint pas. Il poursuivit alors d'une voix qu'il voulait ferme et rassurante :

– Je dois cependant vous informer que vous resterez infirme.

Le sourcil de Fanch se dressa en une interrogation muette. Le docteur continua :

– Cette infirmité restera invisible, rassurez-vous. Mais elle devra vous obliger à renoncer à, disons, certains plaisirs de l'existence.

Les regards du médecin colonial et de Fanch se croisèrent, l'un attendant une réaction quelconque, l'autre interrogeant froidement de ses yeux noirs pour connaître la suite des révélations. Finalement, le docteur termina son rapport :

– Ce poignard a sectionné votre sexe... Vous n'avez plus de verge. Elle a dû glisser dans le pantalon et est restée sur le lieu de la bataille. Je suis désolé.

Le médecin attendit encore une réaction qui ne vint pas et il quitta la chambre. »

Gwenn surfa sur le site pour trouver le rapport médical qu'il finit par découvrir pour l'imprimer. La naissance du petit Lefort était postérieure à l'époque où son père avait quitté l'armée. Comme celui-ci ne pouvait plus procréer, il ne pouvait donc en aucun cas être le père du notaire. Qui était le père de Marcel Lefort ? Était-ce là une des raisons pour lesquelles on avait tenté de mettre un terme à son enquête ? Autre problème : fallait-il révéler la vérité à maître Lefort ?

Le commandant Lamarre s'approcha doucement.

— Alors, cher monsieur, vous avez trouvé des réponses à vos questions ?

— Ah, commandant, si vous saviez… En fait, je me pose maintenant plus de questions encore qu'avant.

— C'est souvent ce qui arrive lors de recherches. On ouvre des boîtes de Pandore qui ajoutent davantage de confusion. A vous maintenant de dévider l'écheveau.

— Dites-moi, Commandant, le soldat Lefort a quitté l'armée suite à une blessure. Je sais qu'il a monté une entreprise de caoutchouc proche de la Birmanie. Mais vos documents n'en font pas effet. Pourriez-vous me dire où je pourrais en savoir plus ?

— En général, quand nos hommes nous quittent, nos archives cessent de les suivre. Ceci dit, cette histoire d'entreprise de caoutchouc à côté de la Birmanie m'intrigue. Vous permettez un instant ?

— Je vous en prie.

Le commandant Lamarre s'approcha d'une des consoles et ouvrit une fenêtre sur l'écran dans laquelle il inscrivit son nom et son mot de passe. Puis il tapa au clavier celui du soldat Lefort avec ses dates de naissance et de décès. Il poursuivit ses manipulations tandis que Gwenn attendait, intrigué, sur une chaise devant la table aux imprimantes. Finalement, le commandant Lamarre éteignit l'ordinateur et se retourna vers l'écrivain.

— Vous êtes tombés dans une drôle d'enquête, monsieur Rosmadec. Voyez-vous, notre sujet d'étude, le soldat Lefort a certes quitté la Marine mais c'était pour rejoindre les rangs de l'Armée des ombres.

— Que voulez-vous dire ?

— Que Fanch Lefort n'a jamais dirigé de plantation de caoutchouc. En fait, il était espion au service de son pays. La plantation a bien existé mais c'était une couverture.

— Mais que faisait-il près de la Birmanie ?

— Je ne suis pas autorisé à répondre à cette question, vous le comprendrez bien, n'est-ce pas ? Néanmoins, réfléchissez un instant... Cette région est aujourd'hui connue sous le nom du Triangle d'or. Et que fait-on dans le Triangle d'or ?

— De l'opium naturellement. Mais à l'époque on ne le transformait pas en héroïne.

— Certes, mais le trafic représentait déjà des sommes colossales et le gouvernement qui pouvait le contrôler était à même de terrasser toute tentative d'achat d'armes et de révolte. Comment croyez-vous que le bon docteur Hô Chi Minh a équipé ses troupes ? Je crois vous en avoir assez dit, monsieur Rosmadec. A vous maintenant de deviner la suite, si les témoins de ce temps ne sont pas tous morts.

— Commandant Lamarre, je vous suis extrêmement reconnaissant. Vous m'avez été très utile. Puis-je solliciter une dernière faveur ?

— Si je peux vous être utile…

— Pourriez-vous vérifier si, lors de sa deuxième vie, le soldat Lefort était accompagné par un certain Goffic.

L'officier se tourna vers sa console, effectua quelques manipulations de la souris et se retourna vers Gwenn en hochant la tête.

— La réponse est oui, monsieur Rosmadec mais je ne peux vous en dire plus, si ce n'est qu'il n'est pas resté très longtemps avec Fanch et qu'il est retourné directement à la vie civile. Bien, je vous souhaite de réussir dans votre entreprise. Ceci dit, soyez prudent ! Les affaires qui traînent autour de la drogue attirent la convoitise des requins et eux, sont sans pitié. Au plaisir, monsieur Rosmadec !

XI

Sur la voie express qui le ramenait vers Quimper, Gwenn tenta de mettre mentalement de l'ordre dans ses idées et d'organiser ses découvertes.

« Donc Fanch Lefort n'est pas le père du notaire. Mais il a reconnu le petit et s'est efforcé de pourvoir à son éducation. Goffic était bien un partenaire de Fanch pour monter des opérations louches et il était détenteur d'un secret pour lequel on l'a tué. Marie Cloarec a régulièrement reçu de l'argent de son époux puis un bel héritage provenant de la vente d'une plantation de caoutchouc, or il est vraisemblable que cette plantation avait été payée par les fonds des services secrets français. De ce fait, Marie Cloarec ne pouvait pas en hériter. D'où provient l'héritage ? Pourquoi Marie a-t-elle donné naissance à un enfant dont son mari savait pertinemment qu'il n'était pas le père ? Bon, il me faut maintenant tenter de savoir ce qui s'est réellement passé en Birmanie. Et puis il est temps que j'aille faire un petit coucou à Marie Cloarec et Malo Louarn. Je commence à y voir un peu plus clair, même si je crois bien que, pour le moment, je ne vais rien raconter au notaire sur sa filiation... »

Les vallons et les collines se succédaient, parfois coiffés d'un bouquet de sapins ou de marronniers. Puis la Cornouaille se révéla dans sa splendeur joyeuse. Bientôt, la bretelle d'autoroute reliée à Quimper Sud fut signalée sur la voie et Gwenn s'y glissa avec plaisir tout en ralentissant la vitesse de son véhicule. Il prit la direction du centre-ville puis se dirigea vers les quais du Steir, un affluent de l'Odet, là où se trouvait la grande bâtisse de la maison de retraite "Les Hortensias Bleus".

Un haut mur de granit se dressait face aux visiteurs ou aux importuns. Gwenn se demanda si cette muraille était destinée à protéger les résidants ou à les empêcher de sortir. Une lourde porte en chêne piquetée de gros clous noirs tenait lieu de portier. Gwenn appuya fermement sur le bouton de la sonnette et attendit. Une voix étouffée par son passage dans l'interphone lui demanda son nom et la raison de sa visite.

— Gwenn Rosmadec. J'ai rendez-vous avec monsieur Malo Louarn.

La voix se fit plus aimable.

— Oui, monsieur Rosmadec. Entrez !

Et, dans le même temps, la porte pivotait silencieusement vers l'intérieur et l'ouverture donnait accès à un superbe jardin boisé et fleuri. Les pensionnaires s'y promenaient, certains en fauteuil roulant, parfois en groupes, souvent accompagnés de personnel en blouse blanche. Au fond du jardin, la maison, une ancienne propriété d'armateur tout en granit bleu.

Une personne fit son apparition sur le perron et attendit que Gwenn eût parcouru la distance qui le séparait de la bâtisse. Souriant, affable, habillé d'un complet trois pièces, l'homme arborait le rayonnement de la cinquantaine cossue.

— Bonjour monsieur Rosmadec. Je suis Malo Louarn. Bienvenue aux Hortensias Bleus.

— Bonjour monsieur Louarn. Heureux de faire votre connaissance.

— Suivez-moi.

Le directeur de la maison de retraite s'écarta pour laisser entrer son visiteur puis s'engagea résolument dans le grand hall qui s'ouvrait sur plusieurs couloirs. Il régnait dans cette maison une atmosphère paisible. Les deux hommes croisèrent des infirmières et des techniciens.

— Il semble qu'il fasse bon vivre ici...

— Merci du compliment, monsieur Rosmadec. C'est vrai que nous nous efforçons de rendre ce lieu aussi agréable que possible à nos résidants. Mais je vous en prie, entrez !

Et Malo Louarn ouvrit la porte de ce qui devait être son bureau car son nom et son titre de directeur y étaient gravés sur une plaque de cuivre jaune.

Effectivement, une grande table en bois trônait au

milieu de la pièce, couverte de dossiers bien rangés et d'un ordinateur portable. Au bord, une lampe-tempête qui avait vraisemblablement éclairé le pont d'un ancien navire. De part et d'autre, des fauteuils bruns en vieux cuir anglais. Une musique douce égrenait ses notes par le canal d'invisibles haut-parleurs. Malo Louarn invita Gwenn à s'asseoir tandis qu'il s'appuya sur une console en face de lui :

— Whiskey irlandais, monsieur Rosmadec ? J'ai un excellent quinze ans d'âge.

— Pourquoi pas ? répondit Gwenn en souriant. Mais sec et sans glaçons.

— Vous êtes un connaisseur, monsieur Rosmadec.

— C'est vrai, j'apprécie la douceur en bouche du whiskey de la verte Irlande. Vous savez qu'il passe trois fois dans l'alambic, ce qui lui donne cette saveur si particulière ?

— Nous allons nous entendre, monsieur Rosmadec !

Malo Louarn se tourna vers la console et demanda deux verres de sa réserve particulière. Bientôt, une porte cachée dans le mur latéral s'ouvrit sur une jeune fille portant un plateau et les deux verres remplis aux deux tiers du liquide ambré.

Les deux hommes prirent le temps de déguster ce que les anciens Celtes avaient baptisé “l'eau sacrée”. Sans nul doute, le produit était fameux. Gwenn claqua la langue de plaisir contre son palais comme pour en extirper les dernières molécules du breuvage puis se tourna vers son interlocuteur.

— Merci de m'accueillir de manière aussi chaleureuse, monsieur Louarn. D'autant que vous devez être très occupé…

— Notre famille connaissait depuis longtemps celle de maître Lefort. Quand il m'a parlé de son projet, je lui ai tout de suite donné mon accord pour vous communiquer toute information utile à votre enquête.

— En fait, c'est surtout sa maman, Marie Cloarec que je souhaitais rencontrer, mais vos informations peuvent certainement être utiles. Racontez-moi dans quelles circonstances votre famille a connu celle de Marie Cloarec.

— C'est très simple : mon père était médecin et Marie était une de ses patientes.

— A Quimper ?

— Oui, tout à fait. Vous allez me dire, il n'y a aucune raison qu'un médecin devienne l'ami d'une patiente. Cependant, ils étaient tous les deux originaires du pays bigouden. Cela, que vous le vouliez ou non, crée des liens qui vont bien au-delà d'une simple relation de docteur à malade.

— Et donc ils ont été amenés à se fréquenter régulièrement…

— Oui, Marcel Lefort et moi-même avons grandi ensemble. Nous avons fréquenté les mêmes écoles jusqu'en terminale. Marcel est parti faire des études de droit tandis que je m'engageais dans des études d'infirmier.

— Mais vous êtes devenu directeur de maison de retraite ! Félicitations !

— En fait, c'est mon père qui a ouvert cette maison et l'a dirigée jusqu'à son décès il y a quelques années. J'ai naturellement pris sa suite.

— Comment se nommait votre père ?

— Pourquoi cette question ?

— Pour mon rapport à maître Lefort tout simplement. N'y voyez aucune malice.

Malo Louarn eut un bref instant l'air de se renfrogner puis dit :

— Goulven, Goulven Louarn.

— Parlez-moi de Marie. Depuis quand est-elle installée chez vous ? Quel est son état de santé ?

Malo Louarn prit une profonde inspiration, leva un instant les yeux au ciel comme pour y puiser son inspiration et regarda Gwenn :

— Cela fait quinze ans maintenant que Marie Cloarec est chez nous. C'est mon père qui a insisté pour qu'elle vienne ici. Voyez-vous, elle était installée dans un petit studio à Quimper où elle vivait seule. Sa santé commençait à se dégrader. Nous lui avons alors proposé de venir ici mais elle a refusé. C'est son fils qui a pris la mesure de la chose et est parvenu à la convaincre. Encore n'a-t-elle accepté qu'à condition de venir avec ses meubles. Elle n'avait pas grand-chose, ce ne fut guère un problème de déménager ses biens et de les installer dans l'appartement qui lui a été alloué.

— Et sa santé ? De quoi souffrait-elle ?

— Perte progressive de mémoire, perte de repères ; il faut régulièrement la surveiller car elle oublie où elle est et ce qu'elle doit faire. Un jour, elle est sortie par la porte laissée ouverte par un fournisseur et nous ne l'avons retrouvée que trois heures après. Elle errait seule dans Quimper, cherchant apparemment le chemin de son ancienne maison.

— Pourrais-je la voir ?

— Honnêtement, cela ne me semble pas raisonnable. A son âge, elle a besoin de beaucoup de repos.

— Je n'en doute pas un seul instant. Cependant, il me semble que ma mission suppose que je la rencontre. Elle dispose d'informations qui me seront fort utiles.

— Je crains que la pauvre dame ne soit pas en mesure de répondre à vos attentes. Mais je dispose de toutes les informations la concernant, tant sur le plan médical que privé. C'était une amie de la famille.

Gwenn, émoustillé par le whiskey, sentit son estomac se nouer tandis que ses yeux se plissaient, interrogatifs.

— Permettez-moi encore une fois d'insister. Elle n'est pas à l'article de la mort, que je sache !

Malo Louarn perçu la froideur du ton de son interlocuteur. Il tenta une contre-offensive :

— Voyons, monsieur Rosmadec, je puis certainement répondre à toutes vos questions. Laissez donc Marie en paix ! Et puis, dans son état…

Gwenn le coupa sèchement :

— Quel état ? Son fils qui l'a vue il y a quelques jours m'a affirmé qu'elle allait bien.

Malo Louarn pinça ses lèvres mais tenta de n'en laisser rien paraître.

— Bien sûr, bien sûr. Je vous comprends. Je vais vous accompagner moi-même dans ses appartements. Mais je vous demande de ne pas la fatiguer.

C'était presque sur le ton de la menace que Malo Louarn s'était exprimé. Le ton du jovial et accueillant directeur avait progressivement fait place à une froide distance teintée de méfiance et de tension.

Gwenn prit mentalement note de ce changement tout en suivant son mentor dans les corridors de la grande maison.

XII

La chambre, coquette et située au premier étage, donnait sur le jardin. Un lit massif couvert d'un épais édredon occupait le centre de la pièce. Contre le mur, une console recouverte d'une nappe blanche brodée exposait la photo d'une jeune fille en coiffe du pays bigouden. La pièce était plongée dans la pénombre et un rayon de lumière tombait de la fenêtre ouverte sur un grand fauteuil en rotin où somnolait une vieille dame. Son visage, ridé comme une pomme à cidre oubliée dans le verger, semblait tourné vers l'arbre en fleurs qui lui barrait l'horizon. Le regardait-elle vraiment ? Ses yeux, plissés comme ceux des vieux Bigoudens qui ont trop passé de temps à scruter l'horizon, disparaissaient derrière de longs cils et d'épaisses lunettes légèrement fumées. Un gros chignon gris cerclé d'un large ruban noir attestait d'une grande longueur de cheveux qui avaient dû pendant des années supporter une coiffe de dentelle. Marie Cloarec, car c'était elle, portait une robe noire mais, subtil raffinement, elle avait enveloppé ses épaules d'un châle aux reflets violets.

Malo Louarn s'approcha doucement et dit en haussant la voix :

— Bonjour Marie ! C'est Malo. Comment ça va aujourd'hui ?

Se tournant vers Gwenn et clignant un œil, il ajouta :

— Elle est un peu sourde.

Puis il continua :

— Marie, je vous présente un ami, Gwenn Rosmadec.

La petite vieille se tourna vers le nouveau venu, un peu méfiante, et dit :

— Qui vous êtes, vous ?

— Un ami de Marcel, madame Cloarec. Je viens de sa part.

— Oh, vous êtes un ami de mon petit Marcel ? Comment va-t-il ?

— Il va bien. Il me prie de vous donner son bonjour.

— Il est si gentil, Marcel.

Malo Louarn intervint :

— Et vous êtes heureuse ici, Marie, vous ne manquez de rien, nous sommes aux petits soins pour vous.

Gwenn reprit le contrôle :

— Madame Cloarec, je voudrais écrire l'histoire de votre famille pour faire plaisir à Marcel. Vous vous souvenez de la ferme de Tréogat ?

Les yeux se plissèrent encore, comme pour apercevoir, au bout du rayon de lumière, un spectacle enfoui dans ses neurones depuis longtemps.

— Oui, oui, je me rappelle, le verger, le potager… On faisait de bonnes soupes avec nos poireaux. Et ma petite ferme dans la campagne, si jolie avec son toit de chaume !

— Vous aviez des amis à Tréogat ?

— Oui, oui, des garçons qui venaient me voir pour me courtiser, mais je n'en voulais pas, je voulais un marin de la Royale.

— Vous vous souvenez de votre mari ?

— Mon mari ? Je n'ai pas de mari !

— Fanch, Fanch Lefort !

— Ah oui, Fanch. C'était un bon gars, un bon gars…

— Il vous aimait bien ?

— Dame il m'envoyait des sous, c'est qu'il ne les buvait pas au café !

Gwenn se hasarda à poser la question qui lui brûlait les lèvres :

— Dites-moi, Fanch, c'était bien le père de Marcel ?

Malo Louarn réagit au quart de tour :

— Bien évidemment que c'était son père !

Et il poursuivit à voix basse :

— Ne lui dites pas des choses pareilles, vous n'avez donc pas de respect pour une vieille femme ?

Indifférent, Gwenn poursuivit :

— Et sa naissance à Marcel, c'était dur pour vous toute seule dans la ferme !

— Oh non, le mage m'a bien aidée.

Un peu surpris, Gwenn tenta d'approfondir :

— De quel mage parlez vous ?

— Le mage de Lanildut, c'est lui qui…

Le directeur de l'établissement posa la main sur l'épaule de Marie Cloarec et intervint à nouveau :

— Du calme, Marie, du calme.

Et à Gwenn :

— Vous voyez, elle n'a pas toute sa tête.

Malo Louarn s'approcha du lit et appuya sur un bouton au bout d'un câble électrique. Quelques instants après, deux infirmiers apparurent, soulevèrent la vieille femme et la posèrent délicatement dans le lit puis l'un d'eux, prestement, lui fit une piqûre intraveineuse. Marie Cloarec s'endormit quasi instantanément. Malo Louarn prit ensuite fermement Gwenn par le bras et l'entraîna dans le couloir.

— Elle a le cœur fragile à son âge et, vous voyez, elle dit n'importe quoi. J'espère que votre "provocation" n'aura pas d'effets secondaires, mais permettez-moi de vous dire que votre attitude était déplorable. Je me dois d'en informer maître Lefort. Veuillez sortir, monsieur Rosmadec, et évitez à l'avenir de vous représenter ici, vous ne serez pas le bienvenu.

Gwenn haussa les épaules et reprit le chemin de la

sortie. Au moment de passer la grande porte, il croisa un vieux bonhomme qui avançait à l'aide d'une canne. Gwenn s'écarta pour le laisser passer mais ce dernier se rapprocha de lui et, prestement, lui glissa une feuille de papier roulée en boule dans la main. Puis il poursuivit son chemin sans mot dire à travers les sentiers du jardin.

Un peu interloqué, Gwenn glissa le papier froissé dans sa poche et regagna sa voiture. Il s'éloigna rapidement des abords de la maison de retraite puis se gara près des halles et défroissa le papier du vieux bonhomme.

Une main à l'écriture soignée, avec des pleins et des déliés comme on l'enseignait autrefois aux écoliers, avait écrit :

« Ils sont en train de la tuer ; appelez-moi ce soir après vingt heures, si vous voulez l'aider. » Le texte se terminait par un numéro de téléphone portable.

— Ah ça alors ! se dit Gwenn.

Il replia proprement le document, le glissa dans son portefeuille et reprit la route de son port d'attache.

XIII

La méthode d'intimidation qui consistait à le culpabiliser n'avait pas échappé à Gwenn. Malo Louarn s'était efforcé d'empêcher la libre expression de la vieille dame. Enfouie quelque part dans son subconscient, une voix l'exhortait à crier sa colère.

Mais une autre, celle de l'expérience, lui rappelait que Malo Louarn était visiblement une des pièces du puzzle qu'il fallait reconstruire. Le directeur des Hortensias Bleus avait quelque chose à craindre ou à cacher. Par ailleurs, le message sibyllin qu'il avait reçu du vieillard l'intriguait encore plus.

Il donna deux coups de sonnette rapprochés puis deux autres espacés selon le code convenu avec Soazic pour s'annoncer. Depuis les derniers événements, bien qu'elle ne le montrât pas, Soazic avait peur et il fallait la rassurer. La porte s'entrouvrit. Gwenn embrassa son épouse et l'entraîna gentiment sur le canapé de cuir du salon où il lui servit une vodka orange. Puis il mit de la musique baroque dans le lecteur de CD et s'installa à côté d'elle pour lui raconter les divers épisodes de la journée.

— J'ai de plus en plus de doutes sur l'honnêteté de ce Louarn.

— Essaye d'appeler Thierry. Il sera peut-être de bon conseil…

— Tu as raison. J'aurais dû y penser plus tôt.

Thierry Rosmadec était le cousin de Gwenn. Il occupait le poste de directeur du CHU de Rennes. Son parcours, un modèle d'opiniâtreté, l'avait d'abord mené dans un hôpital psychiatrique en qualité d'infirmier. Il avait choisi de prendre toutes les gardes de nuit pour travailler ses cours et préparer des concours. Intelligent et travailleur, il avait réussi et avait gravi les échelons de la hiérarchie administrative du milieu hospitalier. Les deux cousins s'étaient perdus de vue lorsque Gwenn sillonnait les routes du monde mais ils s'étaient retrouvés lors de son ancrage en Bretagne et s'appréciaient beaucoup.

Gwenn décrocha le combiné et composa le numéro du bureau de son cousin. Une voix féminine répondit :

— Allô ?

— Bonjour Mademoiselle, je voudrais parler à monsieur Rosmadec.

— C'est de la part de qui ?

— Monsieur Rosmadec.

Gwenn et son cousin étaient coutumiers de ce genre de plaisanterie. En général, il s'ensuivait un moment de confusion de l'interlocuteur et Gwenn ou Thierry faisait durer l'histoire avant de préciser son prénom.

— Allô monsieur Rosmadec ?

— Lui-même, comment allez-vous, monsieur Rosmadec ?

Et tous deux partaient d'un grand éclat de rire. Gwenn reprit un ton plus sérieux et déclara :

— Thierry, tu connais mon job actuel.

— Oui, bien sûr. Et tu vas me demander une info sur un de tes clients ?

— Gagné ! Figure-toi que j'enquête sur le passé d'une dame, Marie Cloarec, et j'aimerais savoir si tu peux me donner des informations sur son passé médical.

— Je peux retrouver son dossier si elle n'a pas trop bougé mais, pour des raisons professionnelles, je ne peux pas te le communiquer.

— J'en suis bien conscient. Cependant si tu constates dans ce dossier des éléments particuliers, pourras-tu m'en faire part ?

— Oui, ça c'est possible.

— Par ailleurs, j'aimerais en savoir un peu plus sur le directeur de la maison de retraite “Les Hortensias Bleus” de Quimper.

— Qu'est-ce que tu voudrais connaître ?

— Il est responsable d'un centre médicalisé et donc sous contrôle des services sociaux ou médicaux. Je voudrais savoir s'il n'y a jamais eu d'incidents de parcours relatifs à cette maison. Et si, par ailleurs, tu peux glaner d'autres infos sur le bonhomme, je suis preneur, aussi longtemps que cela n'empiète pas sur ton sens de l'éthique.

Gwenn perçut un petit rire au bout du fil.

— OK, compte sur moi.

— Quand viens-tu faire un tour à Sainte-Marine ?

— Je ne sais pas encore mais c'est vrai que ça me ferait du bien ; tout le monde est stressé en ce moment. Entre les malades réguliers, les touristes de passage qui ne parlent pas forcément le français ou l'anglais, les accidents de la route qui se multiplient et les infirmières qui grognent, j'ai envie d'un peu de quiétude. Tu ne sais pas la chance que tu as de vivre là-bas !

— Oh si, je le sais, figure-toi. Merci, Thierry ! La maison t'est toujours ouverte.

— Kenavo !

XIV

Gwenn attendit l'heure dite puis composa le numéro de portable du vieil homme.

Une voix plutôt jeune et féminine lui répondit :

— Allô, vous demandez monsieur Le Borgne ?

Gwenn supposa qu'il s'agissait du nom de l'homme bien qu'il fût très étonné de ne pas l'avoir directement au bout du fil.

— Oui, absolument.

— Je suis navré Monsieur, mais monsieur Le Borgne ne peut pas vous répondre.

— Et pourquoi cela, Mademoiselle ?

— Parce qu'il est mort, Monsieur.

— Comment ?

— Je suis l'infirmière qui était chargée de lui. Il semblait aller très bien, même s'il avait l'air fatigué, mais quand je lui ai apporté son repas ce soir, je l'ai retrouvé allongé sur son lit. Crise cardiaque. Monsieur Louarn m'a chargée de répondre si son téléphone sonnait. Vous êtes de sa famille, n'est-ce pas ?

— Oui, oui. Merci, Mademoiselle.

— Je vous en prie, Monsieur. Et croyez bien que je suis sincèrement désolée. J'aimais beaucoup monsieur Le Borgne.

— Nous l'aimions tous. Merci Mademoiselle.

Et Gwenn raccrocha, stupéfait. Son cerveau se mit à fonctionner très vite.

« Qu'est-ce que c'est encore que cette histoire ? Qu'est-ce que c'est que cette mort si rapide ? Décès naturel ? Assassinat ? Cette maison des Hortensias Bleus cache bien des mystères ! Et j'ai de plus en plus l'impression que là se trouve la clé de mes recherches. »

XV

— Monsieur Rosmadec, j'aimerais que vous passiez à l'étude le plus rapidement possible.

La voix du notaire était sèche bien qu'atténuée par le répondeur téléphonique. Gwenn n'aimait guère ce ton de commandement même si c'était un client. Néanmoins, il se rendit au bureau de Marcel Lefort dès le lendemain matin.

L'accueil de la vieille secrétaire fut moins glacial que d'habitude. Au contraire, Gwenn crut percevoir une nuance d'ironie cachée derrière le fond de teint et le fard à paupières.

Elle introduisit Gwenn immédiatement dans le bureau de son patron et se retira sur la pointe des pieds.

Gwenn n'avait pas l'intention de s'en laisser conter mais il écouta aimablement ce que Marcel Lefort avait à lui dire.

— Monsieur Rosmadec, j'ai fait préparer un chèque qui couvrira l'intégralité de votre mission mais je souhaite que vous y mettiez un terme.

— Puis-je savoir ce qui motive cette décision ?

Le notaire prit un air ennuyé.

— Écoutez, quand je vous ai demandé de rencontrer ma mère, je ne savais pas à quel point cette épreuve la fatiguerait. Sur les conseils de monsieur Louarn, il m'apparaît à présent nécessaire de ne plus la tourmenter et tant pis si mes questions restent sans réponse.

— Ainsi monsieur Louarn s'est plaint de mon “comportement” ?

Le petit bonhomme chauve se fit encore plus petit dans son fauteuil.

— A l'entendre, ma mère aurait été traumatisée par vos questions et il ne veut plus que vous pénétriez dans son établissement.

— Et qu'est-ce qui vous fait penser que je puis avoir un tel “comportement” ?

— Oh, je pense que vous ne vous êtes peut-être pas rendu compte de la situation, de la fragilité de la santé de ma mère. Du reste, je vous avoue que j'ignorais moi-même à quel point elle était fatiguée.

— C'est donc l'avis d'une seule personne contre ma parole ? C'est un peu blessant, Maître. Car cela revient à de la calomnie pure, passible des tribunaux.

— Calmez-vous, monsieur Rosmadec. Je ne formule aucune accusation à votre encontre. Je pense même que vous êtes un excellent professionnel. Mais si cela peut vous apaiser, j'ai aussi pris l'avis de Marie-Jeanne.

— Qui est Marie-Jeanne ?

— Mais, ma secrétaire, bien sûr. Depuis tant d'années que nous travaillons ensemble, je fais confiance à sa sensibilité féminine pour me guider dans des moments difficiles comme celui que je vis…

— Votre secrétaire est fort avisée, Maître. Mais il me faut vous dire d'abord que les commentaires qui vous ont été faits relèvent de la pure fantaisie. Ensuite, et vous me pardonnerez de ne vous l'avoir pas encore communiqué, je suis au regret de vous informer que Fanch Lefort n'est pas votre père.

Le visage du notaire exprima la surprise la plus totale. Gwenn avait préparé son effet à dessein et sentait que, maintenant, il reprenait la main. Il continua :

— Je vous rappelle qu'il y a eu meurtre et, que vous le vouliez ou non, que votre passé fait aussi partie de l'enquête de gendarmerie.

Marcel Lefort était maintenant décontenancé.

Gwenn lui rapporta tout ce qu'il avait appris sur le passé du soldat Lefort et conclut en disant :

— Voyez-vous, Maître, même si l'on arrêtait maintenant, ma famille ne serait pour autant pas à l'abri de ceux qui veulent nous nuire.

Gwenn avait insisté sur le “nous”. Le notaire était troublé. Il bafouilla un :

— Arrêtons tout et il n'y aura plus de problème.

— Vous vous trompez, Maître. Nous avons mis le doigt dans un engrenage. J'ai la ferme intention de trouver ce qui se passe derrière tout cela et je vous conseille de soutenir mes démarches.

Le notaire avait mis pavillon bas. Il bredouilla :

— D'accord. Que voulez-vous faire ?

— Vous arrive-t-il de sortir votre mère de la maison de retraite ?

— Oui, nous sortons nous promener au bord de la mer.

— Quand ?

— En général une fois par mois, le troisième dimanche du mois.

— C'est donc bientôt. Écoutez, Maître. Vous connaissez le chemin côtier qui part de la plage du Cabellou à côté de Concarneau ?

— Oui, bien sûr.

Votre prochaine promenade, vous la ferez là-bas ; il y a sur le chemin un vieux moulin à mer abandonné. Je vous y attendrai, vous et votre mère et nous pourrons l'interroger ensemble.

Le notaire allait répondre mais Gwenn lui intima de se taire en posant son index sur la bouche. Il se glissa doucement jusqu'à la porte qu'il ouvrit brutalement.

Marie-Jeanne qui, visiblement, avait l'oreille collée au panneau, sursauta mais se reprit très vite.

— Vous avez besoin de quelque chose, Maître ?

— Non merci Marie-Jeanne… Veuillez raccompagner monsieur Rosmadec. Et vous informerez monsieur Louarn que je passerai prendre ma mère dimanche prochain comme d'habitude.

Dans le couloir, Gwenn tenta d'amadouer le dragon.

— Cela fait longtemps que vous travaillez pour maître Lefort ?

— Très longtemps. Au revoir monsieur Rosmadec.

Et elle s'écarta pour laisser passer Gwenn. L'ironie de l'accueil avait disparu. Il ne restait que cette expression lisse et indifférente mais Gwenn perçu derrière les yeux fardés les lames d'un couteau virtuel prêt à dégainer.

XVI

Sur le chemin du retour, Gwenn s'interrogea sur l'attitude de la vieille secrétaire. Curiosité malsaine ? Protection de son patron ? Intérêt personnel ? Qu'est-ce qui poussait Marie Jeanne à suivre d'aussi près cette affaire ? Peut-être n'était ce qu'une vieille habitude contractée depuis les années où le dragon régentait les visiteurs de son maître. Une idée saugrenue effleura un instant son esprit. Il se mit à la creuser quand son portable le rappela à la réalité. Gwenn ralentit son véhicule pour se garer sur le bas-côté et décrocha.

— Allô Gwenn ? C'est Thierry.

— Salut Thierry. Comment va ?

— Je me dis que je serais bien en ce moment à la plage à Sainte-Marine ; d'ailleurs, je vais peut-être m'offrir un week-end dans ta somptueuse résidence.

— Ma demeure est modeste, mais tu sais très bien que tu y es toujours le bienvenu. Dis-moi ce qui me vaut le plaisir de t'avoir au bout des ondes ?

— Tu te rappelles m'avoir demandé de faire des recherches pour une de tes affaires, n'est-ce pas ?

Gwenn sourit mentalement. Comme d'habitude, Thierry avait été rapide, discret et efficace :

— Je t'écoute.

— D'abord concernant Marie Cloarec.

Thierry fit une pause pour s'éclaircir la voix puis reprit :

— J'ai eu beaucoup de mal à trouver trace de son existence. Visiblement, cette dame n'allait jamais chez le médecin. Mais j'ai lancé mes limiers à sa recherche dans leurs archives respectives et, finalement, c'est mon homologue de Quimper qui a déterré une vieille histoire. Marie Cloarec était venue à l'hôpital pour des douleurs articulaires. Elle avait probablement dû attendre la dernière extrémité car, d'après le rapport du rhumatologue, elle devait souffrir le martyre. Ils ont traité le problème à coup d'anti-inflammatoires à haute dose mais, comme l'articulation de la hanche était touchée, il a fallu l'opérer et la remplacer par une prothèse en métal. Ceci dit, elle était condamnée à marcher avec une canne. A cette époque, il y avait un interne qui s'est intéressé à son cas et, dans le cadre de ses recherches, l'a analysée sous toutes les coutures. C'est comme ça qu'il a découvert que ses problèmes de hanche avaient commencé bien plus tôt : figure-toi que, quand elle était jeune, elle est tombée d'un char à bancs et a été piétinée par le cheval attelé. Sa robuste constitution lui a permis de s'en sortir là où d'autres n'auraient pas tenu deux jours, mais son système génital a été détruit.

— Que veux-tu dire ?

Gwenn avait bien compris mais il voulait se faire confirmer l'information.

— Je veux dire qu'elle était dans l'impossibilité de faire des enfants.

— Elle ne s'est jamais fait soigner pour cela ?

— Si elle l'a fait, c'est en dehors du système médical de mon champ d'intervention. Maintenant, tu n'ignores pas que, de son temps, les rebouteux traitaient des patients dans les campagnes. C'est peut-être par là qu'il te faut chercher.

— Ainsi donc elle n'a jamais eu d'enfant !

Gwenn était abasourdi.

Il avait déjà découvert que Fanch Lefort n'était pas le père de Marcel. Mais Marie Cloarec n'était pas non plus sa mère.

Il resta un moment silencieux, au point que Thierry dut le rappeler à la réalité :

— Eh, tu es toujours là ?

— Oui, oui, excuse-moi. Mais ce que tu viens de m'apprendre est hallucinant !

— J'en suis fort aise. Maintenant, j'ai d'autres petites choses concernant "Les Hortensias Bleus".

— Si c'est aussi passionnant que ce que tu viens de me dire, je te promets de rester muet comme une carpe et de t'écouter jusqu'au bout.

— J'ai fait sortir le dossier de cette maison de retraite. Tu sais que ces centres médicalisés sont très étroitement encadrés et c'était donc assez facile de trouver des informations.

Thierry reprit son souffle.

— Donc ce qui m'a surpris c'est le financement de cette maison : le paiement du bâtiment ainsi que de toutes les installations a été effectué par un virement en provenance d'une banque suisse de Berne, le Crédit Suisse Bernois. Nous ignorons qui est le généreux donateur. Nous ne disposons que du nom du fondé de pouvoir, un certain Hans Gruber. L'opération étant parfaitement légale, nous n'avons naturellement pas cherché à en savoir plus. Ceci dit, le propriétaire officiel de cette maison en est son actuel directeur, Malo Louarn. Comme cette histoire de virement m'avait mis la puce à l'oreille, je me suis renseigné sur ce monsieur.

Gwenn, tout excité, ne put s'empêcher d'intervenir :

— Il est infirmier de formation et son père était docteur, n'est-ce pas ?

— Pas tout à fait, reprit Thierry, tâchant de tempérer l'exaltation qui montait dans la voix de son cousin. Si effectivement Malo Louarn détenait les titres de la profession d'infirmier, son père, lui, était totalement inconnu de l'Ordre des médecins.

— Il n'était pas médecin ?

— Tu sais que je n'aime pas les situations louches. J'ai donc relancé mes contacts un peu partout. Au bout d'un certain temps, j'ai reçu un appel d'une assistante sociale en retraite à Plonéour-Lanvern.

— Pourquoi elle ?

— C'est la mère d'un de mes orthopédistes, un Bigouden qui s'est spécialisé dans les problèmes de bassin de ses congénères. Bref, sa mère s'est souvenu de ce Goulven Louarn parce qu'il exerçait la médecine sans autorisation.

— Comment ça ?

— Figure-toi qu'il devait être plus ou moins magnétiseur car il a commencé sa carrière dans le Nord-Finistère où il se faisait appeler le mage de Lanildut.

Ce nom résonna en écho dans la tête de Gwenn : Marie Cloarec l'avait cité avant que Malo ne lui cloue le bec.

— Intéressant ! Que sais-tu de ce monsieur ?

— Il s'est fait connaître à Lanildut précisément. Personne ne savait d'où il venait mais il vivait reclus en ermite dans une clairière du bois où il avait installé un lit clos pour passer les nuits. Les gens des alentours le craignaient mais pensaient aussi qu'il disposait de pouvoirs de guérisseur. Sa réputation a vite grandi au point d'inquiéter les autorités locales. Le maire a voulu mettre un terme à son séjour et lui a demandé de partir. Il aurait refusé, menaçant les membres du conseil municipal de leur jeter un sort. C'est finalement la brigade de gendarmerie qui est intervenue. Mais quand les militaires sont arrivés dans la clairière, le lit clos avait disparu et l'homme avec.

— L'ont-ils recherché ?

— Non, c'était inutile puisque leur objectif était de le faire partir. La mission était accomplie.

— Que lui est-il arrivé ensuite ?

— Il s'est installé à Plonéour. Là, il est resté discret, se mêlant à la population locale sans faire de vagues.

— Mais de quoi vivait-il ?

— C'est simple : il avait communiqué à ses anciens clients sa nouvelle résidence et les gens de Lanildut descendaient régulièrement le voir. Naturellement, ça a fini par être connu dans la région et d'autres sont passés dans son cabinet.

— Comme Marie Cloarec, dit Gwenn.

— Probablement. En tout cas, les services sociaux ont eu vent de la situation et c'est comme ça que la mère de mon orthopédiste a été chargée d'enquêter sur le personnage.

— Qu'a-t-elle découvert ?

— Rien, les clients se sont tus par peur d'une revanche du "mage" et le bonhomme l'a reçue fort aimablement mais a nié toute pratique médicale.

— Pourtant il devait bien avoir des ressources ?

— C'est ça qui est curieux : à un moment donné, il a cessé toute activité et est parti s'installer à Quimper où il a acquis une maison sur le Mont Frugy et n'a plus jamais éveillé le moindre soupçon chez les services sociaux. En fait, il vivait de ses rentes.

— Quelles rentes ? Malgré tous ses clients, un "mage" ne dispose pas forcément de moyens mirobolants…

— Je me suis fait la même réflexion que toi. Alors j'ai pris contact avec le directeur départemental de la Poste. C'est un ami et c'était facile de lui demander ce service. Je disposais de l'adresse et du nom de ce monsieur. J'ai donc demandé à mon interlocuteur s'il pouvait vérifier l'existence de mandats le concernant.

— Et alors ?

— J'ai mis dans le mille, mon petit pote : tous les mois, il recevait une somme grassouillette qui lui permettait de vivre largement.

— Et qui était le donateur ?

Thierry fit une pause comme pour mieux dramatiser sa réponse. Gwenn retint son souffle.

— Surprise : le Crédit Suisse Bernois.

— Comment ?

— Eh oui… Le même organisme qui a financé "Les Hortensias Bleus". Autant te dire que mes investigations en restent là pour le moment. Mais si tu apprends du nouveau, je serai heureux de connaître la suite.

— Tu peux compter sur moi, Thierry. Ton aide m'a été archi-précieuse !

— Toujours à ton service. Et à ce week-end à Sainte-Marine ?

— Quand tu veux. Salut Thierry.

— A plus.

Gwenn sentit alors que son cœur battait plus vite et plus fort. Il commençait à mettre en perspective les fils de cette histoire et, si sa vision du puzzle restait encore floue, elle commençait petit à petit à s'éclairer. Gwenn remit le contact et lança sa voiture sur la quatre-voies de Pont-l'Abbé.

XVII

— Doudoune, je vais avoir besoin de toi.

— A quel sujet ?

— Ton bouquin sur l'hypnose, tu l'as fini ?

— Pourquoi, tu veux le lire ?

— Non, je n'ai pas le temps. Mais je voudrais savoir si tu es capable d'hypnotiser quelqu'un…

— Tiens tiens, tu t'intéresses à mes loisirs maintenant ?

— Soazic, c'est très sérieux. Alors réponds-moi : peux-tu maintenant placer quelqu'un en état de sommeil hypnotique ?

— Mais bien sûr, mon chéri !

— Tu en es sûre ?

— Évidemment, puisque je l'ai déjà fait.

Gwenn ne parvint pas à cacher la surprise qui se lisait sur son visage et son épouse reprit le fil de la conversation :

— Tu te souviens de mon club de sophrologie ?

— Bien sûr.

— Figure-toi que notre animateur est un adepte de l'hypnose et, comme nous étions plusieurs à nous y intéresser, il nous a fait faire plusieurs séances et nous a fait pratiquer entre nous. C'est comme ça que j'ai endormi ma meilleure copine, avec son accord bien évidemment. Alors qu'est-ce que tu attends de moi ?

— Que tu endormes une vieille dame pour lui faire revivre son passé. Est-ce possible ?

— Oui, si elle est consentante, sinon ça ne marchera pas.

— On peut peut-être la mettre dans de bonnes dispositions pour qu'elle accepte l'expérience…

— Pourquoi pas. Mais je te répète que mes essais fructueux ont été réalisés avec l'accord des cobayes. Je ne peux pas te garantir le résultat avec quelqu'un que je ne connais pas.

— Tu es d'accord pour essayer ?

— Écoute, c'est pour toi, n'est-ce pas ? C'est pour ton enquête ? Alors tu peux compter sur ta femme.

Gwenn embrassa Soazic amoureusement.

— Ma chérie, je t'adore.

XVIII

L'eau de la rivière coulait paisiblement, si paisiblement qu'il était difficile de discerner si la marée montait ou descendait. Bordée d'arbres vigoureux, elle s'insinuait dans le paysage, tolérant parfois des insertions humaines : quelques voiliers au mouillage, des bouées vertes ou rouges pour délimiter le chenal de circulation et, en retrait, des constructions diverses, souvent anciennes et abandonnées. D'énormes blocs de rochers tentaient de domestiquer le flux, mais la patience de l'eau aurait eu raison de ces géants de granit ; polis par des siècles de caresses humides, ils finiraient eux aussi au fond de l'océan, petits galets roulés par la rivière, au cours d'un dernier voyage.

Gwenn et Soazic suivaient le chemin de douanier qui longeait le fil de l'onde. Quelques goélands les accompagnèrent, haut, très haut dans le ciel puis ils disparurent vers le couchant. Une légère brise marine faisait trembloter les timides herbes accrochées aux flancs de la berge.

C'est après un énorme bloc granitique que le moulin se révéla à leurs yeux : bâtisse carrée, chapeauté d'un cône de vieilles ardoises, il avait l'air de défier le temps et le monde et, si sa roue aux pales de bois noirci s'était arrêtée depuis l'avènement de l'industrialisation, il continuait à s'imposer avec fierté.

Gwenn tendit le bras vers le vieux moulin.

— Voilà, nous y sommes. J'espère que maître Lefort aura compris mes explications.

Ils parcoururent rapidement la distance qui les séparait du lieu de rendez-vous et pénétrèrent dans la vaste salle du rez-de-chaussée par une petite porte cintrée latérale.

Une odeur de moisi les enveloppa.

— Pourvu que ces vieilles poutres soient encore solides, fit Gwenn.

— Je suppose que les promeneurs ne seraient pas autorisés à y pénétrer si ce n'était le cas…

— Regarde, il y a un escalier au fond. Allons voir.

Quelques marches s'envolaient vers une trappe ouverte où ils se glissèrent l'un après l'autre. Au centre de la pièce, confortablement installés sur deux fauteuils pliants, maître Lefort et Marie Cloarec admiraient la rivière par une large échancrure dénuée de vitre.

Marcel Lefort se leva sitôt Gwenn dans la pièce.

— Bonjour monsieur Rosmadec. Vous aviez raison, cet endroit est un véritable ravissement.

— Je suis heureux qu'il vous plaise, Maître. Voici mon épouse, Soazic.

Le petit bonhomme rond s'approcha d'elle, prit sa main délicatement et y approcha ses lèvres sans la toucher.

— Monsieur Rosmadec doit être heureux et fier de servir une aussi jolie fleur.

— Vous êtes très galant, Maître. C'est rare, de nos jours, de croiser le chemin d'un honnête homme.

Tout en parlant, Soazic jetait un coup d'œil malicieux vers son mari comme pour lui dire : « Tiens, prends-en de la graine ! »

Gwenn reprit le cours de la conversation :

— Comment va votre mère ?

De fait, la vieille dame n'avait pas dit un mot et était restée dans son fauteuil en contemplation.

— Je suis un peu inquiet à son sujet ; Malo Louarn m'avait fortement conseillé de la laisser se reposer et c'est vrai qu'elle n'est pas dans son état habituel. Je me demande vraiment si j'aurais dû accepter votre proposition…

— Vous permettez, Maître ?

Soazic s'était glissée devant Marie Cloarec et fit passer son index devant son visage.

Il y eu un léger mouvement de paupières mais sans plus.

— A mon avis, elle a été droguée.

— Vraiment, fit le notaire. Mais pourquoi ?

— Parce qu'elle sait des choses qu'il ne nous faut pas connaître, Maître. Je vous rappelle d'ailleurs que vous avez sollicité mes services précisément pour cette raison.

Soazic reprit la parole :

— Ne vous inquiétez pas. Celui ou celle qui a fait ça nous a involontairement facilité la tâche.

— Que voulez-vous dire ?

— Qu'elle est déjà dans un état de somnolence. Il me faut simplement trouver la porte de son subconscient et nous saurons peut-être ce qu'elle a à cacher.

Soazic se tourna vers les deux hommes.

— Je vais vous demander de reculer et de vous abstenir de tout commentaire ou intervention. Le lien qui va s'établir entre elle et moi relève d'une forme de confiance. Si vous interveniez, ce lien serait définitivement rompu.

Sans un mot, Gwenn et Marcel Lefort reculèrent vers le mur et attendirent.

Soazic sortit une petite chaîne d'argent de son sac à main, y accrocha une bague sertie d'une améthyste et commença à la balancer doucement devant les yeux de Marie Cloarec en chantonnant une mélopée au rythme des mouvements.

Insensiblement, progressivement, le buste de la vieille dame commença à bouger, à suivre le balancier.

Puis elle se mit à chantonner la mélodie, répétant la phrase musicale à l'envi, jusqu'à ce que les voix des deux femmes fussent à l'unisson.

Tout en chantant, Soazic émit ses premiers messages :

— Bonjour Marie, bonjour Marie, je m'appelle Soazic, je suis votre amie, bonjour Marie, bonjour Marie…

Et elle continua sa mélopée. Marie en fit de même tandis que, dans son regard, un timide éclat dansait au rythme du pendule. Petit à petit, Soazic ralentit le mouvement et engagea la conversation sur un ton monocorde.

— Marie, je suis votre amie, vous vous souvenez de la ferme de Tréogat ?

— Oui dame, la petite maison de Tréogat, son joli verger, oui, je me souviens bien.

La voix était un souffle à peine perceptible mais lourd d'une émotion non dissimulée. Les deux hommes, collés contre le mur, écoutaient avec attention cet étrange dialogue.

— Venez Marie, nous allons nous promener dans le verger. Les pommes sont bien mûres cette année.

— Elles sont bien belles, bien belles…

— Et le chien du voisin qui aboie, vous entendez le chien du voisin ?

— Oui, oui, il est content lui aussi ; son maître revient de la chasse et peut-être que sa fille Anne est là aussi. J'aime bien Anne.

— C'est aussi votre amie ?

— C'est ma meilleure amie.

— Oh, pauvre Anne, elle est malade.

— Non, elle n'est pas malade, elle a un petit dans le ventre. Mais il ne faut pas le dire sinon son père sera furieux.

— C'est notre secret, Marie. Mais on ne peut pas la laisser souffrir. Que va-t-on faire ?

— Il faut aller voir le mage de Lanildut. Lui seul peut la guérir.

— C'est loin, Marie. Il faut aller à Plonéour.

— Prenons le char à bancs, il ne faut pas la fatiguer…

— Oui, prenons le char à bancs.

Soazic reprit sa mélodie, un chant fait de tendresse et de mystère, comme venu de la nuit des temps. Marie chanta aussi.

— Nous arrivons à Plonéour, Marie. Comment va Anne ?

— Pas bien, pas bien du tout.

— Et vous, Marie, allez-vous bien ? Le char à bancs, pour une femme enceinte comme vous, ça n'est pas bon.

— Je ne suis pas enceinte, j'ai juste fait semblant.

— Oui, Marie, oui, juste fait semblant.

— Comme ça le Fanch est content.

— Oui, Marie, le Fanch est content. Vous lui avez écrit pour le lui dire ?

— J'ai répondu à sa lettre. Il voulait un héritier pour garder son nom et, selon le village, j'en ai fait un. Et je le lui ai fait dire. Et il m'a répondu. J'ai sa lettre maintenant.

Le visage de maître Lefort se crispa. Il allait s'exprimer mais Gwenn lui plaqua la main droite sur la bouche et, de l'index droit, lui intima le silence.

Marcel Lefort se calma et reprit sa position initiale.

Marie continuait ses explications. Soazic avait trouvé la bonne porte d'accès à ses souvenirs et son cœur lourd d'un mensonge qu'elle portait en elle depuis si longtemps semblait s'apaiser au fur et à mesure de son discours.

— Ça y est, Marie. Anne est installée dans le lit. Le mage va s'occuper d'elle. Vous pouvez vous reposer. Vous pouvez lire la lettre du Fanch. Il est content de savoir qu'il va avoir un héritier le Fanch.

— Je ne peux pas la lire la lettre du Fanch. Il fait trop nuit et, sans mes lunettes je n'y vois rien. Et le Fanch, il écrit petit-petit sur son papier. C'est Anne qui me lit les lettres du Fanch.

— Comment faire ? Peut-être que Fanch est inquiet ?

— Non, pas lui. Mais la lettre est un peu longue et encore écrite petit-petit. On va la donner au mage pour qu'il me la lise.

— Oui, Marie, c'est bien ça, c'est une bonne idée. Donnez la lettre du Fanch au mage. Il la prend, Marie, il la regarde, que dit-il ?

— Il dit qu'elle est très longue et écrite très petit. Il doit aller dans son bureau pour la lire et il me racontera ensuite.

Le chant mystérieux emplit à nouveau la pièce principale du vieux moulin.

Les deux voix de femmes se mêlèrent, l'une tendre, fragile, l'autre délicate, masquées par les années mais le chant était étrangement harmonieux.

Une grande paix régnait dans la pénombre du crépuscule. Par la fenêtre ouverte, une longue bande orangée zébrait le ciel, en hommage à l'astre du jour. Dans un coin de l'encadrement de pierre, la lune avait fait son apparition, diamant brut dans un écrin de velours bleu.

— Il revient, le mage, Marie, il revient. Il va vous dire l'histoire du Fanch.

— Oui, il la lit. Il me dit qu'il y a des papiers à écrire pour un homme de loi qui me rendra riche mais c'est compliqué. Il va s'en occuper avec l'administration et je n'aurai plus à faire de ménages.

— C'est bien, Marie. La vie va être agréable maintenant. Et Anne, comment va-t-elle ?

Marie resta silencieuse. L'éclat de son regard s'était terni. Ses mains se mirent à trembler doucement tandis que sa mâchoire se contracta. Chacun retint son souffle.

Soudain, Marie hurla :

— Non, Anne, non pas ça.

Puis elle poussa un cri terrible, un cri affreux de toute la force de ses vieux poumons avant de s'évanouir sur sa chaise.

Marcel Lefort se précipita vers elle, suivi de Gwenn qui n'avait pu le retenir. Soazic avait déjà pris le pouls de la vieille dame. D'un ton autoritaire, elle dit aux deux hommes :

— Elle vit. Elle dort simplement. Elle est sous le coup d'une violente émotion. Elle vient de revivre à notre insu une scène très pénible et, pour y échapper, elle s'est réfugiée dans le sommeil. Ceci dit, je vous conseille d'en profiter pour l'emmener à l'hôpital. A cette occasion, on pourra déterminer la nature des drogues qui lui ont été administrées.

Dans des moments pareils, Soazic était capable de maîtriser la situation mieux qu'un officier avec ses troupes. Gwenn prit délicatement Marie dans ses bras et la sortit de la bâtisse.

— Où êtes-vous garé, Maître ?

— A cent mètres d'ici, au bord de la route. Je vous y mène.

— Allons-y.

Gwenn déposa avec soin la vieille dame à l'arrière de la Mercedes du notaire, lui attacha sa ceinture et s'assura que maître Lefort était en état de conduire. Soazic s'imposa.

— Je vous accompagne, Maître. Je m'installe à côté d'elle. Prenez le volant et allez tout de suite à l'hôpital de Quimper. Gwenn, tu récupères la voiture et tu nous rejoins là-bas.

— D'accord.

Gwenn regarda la Mercedes s'éloigner. En dépit de l'inquiétude que suscitait l'état de la mère de maître Lefort, il ne pouvait s'empêcher de penser avec admiration à la performance à laquelle Soazic s'était livrée. Décidément, ce petit bout de femme cachait encore des trésors extraordinaires ! C'est avec un sentiment de fierté qu'il prit la route du centre hospitalier.

XIX

— Monsieur Rosmadec, je suis atterré. Croyez-vous vraiment que ma mère ait dit la vérité ?

— Elle était dans un état cataleptique et sous le contrôle de Soazic. Je ne crois pas qu'elle ait pu inventer quoi que ce soit. Du reste, cela confirme ce que j'avais appris il n y a pas longtemps.

— Comment ça ?

Et Gwenn fit au notaire le compte rendu de ses découvertes. Il était temps que la vérité lui soit communiquée. Gwenn estimait la devoir à son client même si cela devenait douloureux. En d'autres circonstances, il aurait peut-être tu cette horrible révélation : Marcel Lefort n'était ni le fils de Marie Cloarec ni celui de Fanch. Mais sa quête avait causé la mort du père Goffic, une tentative d'assassinat sur sa personne et peut-être le décès d'un pensionnaire des Hortensias Bleus. Le secret de Marie Cloarec commençait à s'éclaircir mais, en même temps, accentuait la pression sur ceux qui étaient opposés à ces révélations.

Les deux hommes s'étaient installés à l'écart à une

table de la cafétéria de l'hôpital. Soazic fit son apparition et les rejoignit. Toujours galant, maître Lefort se leva.

— Alors, fit-il, comment va-t-elle ?

— Elle est sous perfusion. On lui a fait une prise de sang pour savoir ce qui s'était passé. Mais elle est paisiblement installée dans une chambre particulière. Une infirmière reste à son chevet en permanence.

— Madame Rosmadec, je voulais vous exprimer ma reconnaissance pour l'aide que vous m'avez apportée. Sans vous, je n'aurais peut-être pas réussi à atteindre l'hôpital.

— Vous êtes aussi en état de choc, Maître. Et vous le prenez avec beaucoup de courage. Je n'ai guère fait que mon devoir.

Gwenn demanda :

— Combien de temps vont-ils la garder ?

De fait, Gwenn connaissait la réponse. Un discret coup de téléphone à Thierry lui avait permis de s'assurer que Marie Cloarec resterait en observation à l'hôpital aussi longtemps que possible. Ceci afin de déterminer clairement son état de santé mais aussi parce que Gwenn se souvenait avec une certaine inquiétude de l'avertissement du veille homme : « Ils vont la tuer. »

Soazic répondit :

— Le docteur ne veut pas prendre de risque eu égard à son grand âge. Il tient à pouvoir la suivre de très près. Donc, pour le moment, nous ne savons pas encore quand elle sortira.

A ce moment, la sonnerie caractéristique du portable du notaire retentit. Il alla chercher son téléphone dans la poche de son imper et s'éloigna de quelques mètres en s'excusant.

Gwenn en profita pour interroger son épouse à voix basse :

— Alors ?

— On avait raison : elle a reçu une forte dose de narcoleptique. Pas assez pour la tuer mais suffisamment pour la mettre hors d'état de communiquer.

— Honnêtement, je me demande encore comment tu as fait, vu son état.

Soazic sourit en répondant :

— En fait je n'ai pas fait que de l'hypnose. Ça c'était une technique assez simple pour capter son attention. Mais après, j'ai fait usage de la méthode employée par les chamanes hopis d'Amérique pour entrer en transe et soigner leurs patients.

— La mélodie c'était ça ?

— Oui, tout à fait... Les chamanes utilisent des champignons hallucinogènes, or Marie était dans un état semblable à cause de la drogue qui lui avait été administrée. J'ai mis mon esprit en harmonie avec le sien et l'ai fait revivre son passé, un peu comme un ange gardien capable de l'escorter et de la protéger avec son accord et sa confiance.

— Mais elle a eu cette crise. Qu'est-ce que ça pouvait être ?

— La répétition d'un choc qu'elle a déjà vécu, un choc violent. Souviens-toi, nous savons que la petite Anne est décédée en mettant au monde son enfant.

— Lequel serait également mort, fit Gwenn.

— Nous savons maintenant que Marie était porteuse d'un message de son époux, message qui a été lu par le mage.

— D'après toi il y aurait un rapport entre les deux affaires ?

— Pour le moment, je constate des séries de faits troublants. Si tu veux bien te fier à mon intuition féminine, je pense que la réponse à notre question se trouve dans la lettre du Fanch.

— C'est le genre de document qui a disparu depuis fort longtemps. Je doute fort que nous ne puissions mettre un jour la main dessus.

— A ton avis, comment Marie a-t-elle reçu cette lettre ?

— Par la poste, je suppose…

— Souviens-toi ce que nous a raconté le recteur de l'île de Sein : Goffic, un soir de tempête et de beuverie, a avoué que Fanch lui avait remis un document pour Marie.

— Et tu penses que…

— J'en suis sûre… Toujours d'après le recteur, selon Goffic, ce document devait permettre à Fanch de “faire l’amour par correspondance”. Je me suis longtemps demandé ce que cela voulait dire. A mon avis, Fanch a révélé à Marie son infirmité et ne voulait pas confier cette information au service postal. Or il ignorait que Marie ne pouvait pas avoir d’enfant.

— Qu’est-ce qui te le fait croire ?

— Marie voulait épouser un “gars de la ville”. Elle n’aurait pas pris le risque de dévoiler ce problème à ses futurs prétendants.

— D’accord sur ce point. Donc Marie sait qu’elle n’aura pas d’enfant. Mais elle réussit à épouser Fanch, lequel va être émasculé en mission. C’est là où ton raisonnement ne marche plus : Marie a “fait semblant” d’être enceinte alors qu’elle n’avait pas encore reçu la lettre de Fanch. Pourquoi ce simulacre ?

— Si tu fais encore un peu confiance à mon intuition féminine, je pense qu’elle répondait tout simplement à la pression sociale de son époque ; pour être parfaitement accomplie et reconnue comme telle, il lui fallait avoir au moins un enfant. La soi-disant grossesse a été un premier moyen de se valoriser au sein de sa société. Mais, au bout de neuf mois, il lui aurait fallu trouver une solution.

— Et la solution, c’est Anne ?

— Pourquoi pas. Anne Péron n’est pas mariée. Elle vit dans la honte et craint la colère de son père. Elle se confie à Marie qui est sa seule amie…

— ...Laquelle Marie se dit que le petit qu'Anne attend est la réponse à son problème.

— Elle feint de révéler sa grossesse au moment où Anne s'efforce de cacher la sienne et s'arrange pour aller avec elle à Plonéour chez le mage de Lanildut qui saura rester discret sur ce don d'enfant.

— Malheureusement, Anne décède justement chez le mage.

— Justement quand le mage prend connaissance d'une lettre du Fanch que Marie ne parvient pas à lire. Probablement la lettre dont le père Goffic était porteur. Oh ! Attention !

Maître Lefort revenait vers eux, l'air sombre.

— C'était Malo Louarn. Il s'est rendu compte que sa patiente n'était pas rentrée à l'heure habituelle et était inquiet. Quand je lui ai dit qu'elle était à l'hôpital, il a voulu m'envoyer un véhicule médicalisé pour la ramener aux Hortensias Bleus mais je lui ai répondu que le docteur s'y opposait formellement. Il avait l'air très mécontent. Mais c'est ainsi. Je crois que je vais rentrer maintenant, j'ai eu aujourd'hui plus que mon quota d'émotions !

— Vous avez raison, Maître. Si vous êtes d'accord, je vous propose de passer demain pour faire le point.

— Très bien ; demain neuf heures, à mon bureau. Cela vous convient-il ?

— Absolument. A demain donc.

— Au revoir.

Maître Lefort regagna la Mercedes de son pas trottinant, légèrement titubant comme sous l'emprise de l'alcool or, quand on connaissait bien maître Lefort, on savait qu'il était sobre comme un chameau. Au même moment, l'interne de garde rejoignit le couple.

— Monsieur Rosmadec ? Enchanté de vous rencontrer, je suis le docteur Kerbrat.

— Bonsoir Docteur.

— J'ai appris que vous étiez une relation de Thierry Rosmadec…

— C'est mon cousin, en effet.

— J'ai beaucoup de respect pour ce monsieur. Il se bat régulièrement pour soutenir nos établissements et nos personnels. Son intégrité en fait un personnage éminemment recommandable aussi lorsqu'il m'a appelé pour que je m'assure que madame Cloarec reste à l'hôpital, j'ai estimé qu'il devait avoir d'excellentes raisons pour le faire.

— Savez-vous ce qu'on lui a administré ?

— Vraisemblablement du Rohypnol. C'est un puissant narcotique classé dans la catégorie des stupéfiants, dix fois plus fort que le Valium. Nous l'utilisons dans les centres de soins psychiatriques pour faciliter l'endormissement de nos patients les plus sujets à l'anxiété.

— Vous n'en êtes pas sûr ?

— Ce produit est difficile à détecter car, une fois ingéré, il se retrouve rapidement dans les urines et très peu dans le sang. Mais nos techniques modernes d'analyse ont beaucoup progressé et je suis à peu près certain que c'est bien du Rohypnol qui lui a été administré. Voyez-vous, cette drogue est inodore et sans saveur. Il suffit de la réduire en poudre et de la mélanger avec les aliments.

— Vous dites que c'est un stupéfiant. Est-ce à dire que ce produit pourrait être dangereux ?

— A haute dose il peut être mortel.

— Vous lui avez peut-être sauvé la vie, Docteur…

— Vous me témoignez des capacités remarquables, monsieur Rosmadec. J'ai simplement fait mon métier.

— Je ne pensais pas forcément à cela, Docteur. Peut-être devrait-on monter la garde en permanence devant sa chambre ?

— Je ne dispose pas du personnel nécessaire pour répondre à cette demande qui, à mon avis, relève davantage de la police. Est-elle vraiment en danger ?

— Je le crains. Mais je crois avoir une solution. Vous permettez ?

Gwenn sortit son portable et son portefeuille d'où il tira la carte de visite de la gendarmette.

— Allô ? Je voudrais parler à l'adjudant Le Roy, s'il vous plaît…

XX

La nuit était maintenant bien avancée sur Quimper. Les derniers goélands qui maraudaient habituellement autour de l'hôpital pour y grappiller des détritus avaient regagné leurs abris. Une pâle lueur éclairait les couloirs déserts du service de gériatrie où Marie Cloarec reposait d'un sommeil profond.

Le gendarme en faction devant sa porte avait d'abord observé avec intérêt le ballet des médecins, infirmières, aides-soignantes et autres personnels de service. Au fur et à mesure que le temps passait, leur nombre déclinait pour ne laisser intervenir ponctuellement et régulièrement que l'infirmière de garde. Aussi fut-ce avec un peu d'étonnement qu'il entendit un pas au bout du couloir. Une femme arrivait, tout de noir vêtue. Ce qui surprenait davantage, c'était le chapeau noir qui couvrait sa tête et duquel une voilette à l'ancienne tombait sur le visage, le dissimulant aux regards.

Le gendarme songea qu'elle avait dû se tromper de bâtiment et qu'elle cherchait probablement la morgue. Pourtant, la femme avait la tête tournée sur le côté pour lire les numéros des chambres. Visiblement elle savait ce qu'elle cherchait. Dans la semi-pénombre, elle n'avait pas remarqué la présence du gendarme et ce n'est qu'à quelques mètres de lui qu'elle se rendit compte de sa présence. Elle s'arrêta immédiatement, interloquée, puis reprit ses esprits et fit demi-tour immédiatement pour reprendre le chemin qu'elle avait déjà parcouru très rapidement.

Le reste de la nuit se passa sans encombre et le gendarme ne considéra pas qu'il vaille la peine de mentionner cette information dans son rapport.

XXI

— Maître Lefort, il est temps que nous fassions clairement le point de la situation.

— Vous avez raison, monsieur Rosmadec. Que voulez-vous savoir ?

— Il y a un mystère qui entoure vos ressources. Je veux bien croire que votre mère se soit sacrifiée pour vous permettre de faire des études mais de là à vous offrir une étude notariale, vous comprendrez que je sois sceptique.

Maître Lefort prit une profonde respiration :

— Effectivement, elle a fait beaucoup d'efforts. Sa tradition paysanne l'avait élevée dans l'idée qu'un sou est un sou et qu'on ne gaspille pas pour rien. Mais c'était insuffisant. En fait c'est grâce à l'héritage de mon père.

« Nous y voilà », songea Gwenn.

— Je vous écoute, Maître.

— Voyez-vous, lorsque mon père est décédé, ma mère a reçu la visite d'un homme qui disait représenter ses droits.

— Comment cela ?

— La vente de la plantation de caoutchouc avait rapporté beaucoup d'argent.

— En quoi cet homme était-il concerné ?

— Mon père, visiblement, se méfiait des autorités françaises et peut-être aussi du fisc, aussi avait-il confié ses intérêts à un notaire suisse. C'est un des membres de son étude qui est venu nous voir.

— Que contenait le testament ?

— Je ne l'ai pas vu. Il nous a simplement informé que son patron avait reçu des instructions pour qu'un capital nous soit versé immédiatement et que, régulièrement, ma mère reçoive un montant important qui lui serait versé tous les mois. Mais ma mère avait pour obligation de ne jamais s'informer de l'origine des versements.

— Mais enfin, vous êtes notaire vous-même, pourquoi ne pas avoir demandé le document ?

— J'étais jeune quand cela est arrivé. Plus tard, je me suis évidemment posé la même question que vous. Et j'en suis arrivé à la conclusion que mon père avait fait ce choix pour nous éviter de payer des impôts. Avouez que c'est quand même agréable de recevoir une rente sans rien faire, avec pour seule consigne de rester discret.

— J'espère que cette discrétion n'est pas à l'origine des attentats que nous avons subis… Mais si tel est le cas, je crois nécessaire de clarifier aussi cette situation.

— Que voulez-vous faire ?

— Vous connaissez naturellement la banque à l'origine des virements qui vous sont faits ?

— Oui, bien sûr. Attendez un instant.

Le petit bonhomme se tourna vers ses étagères où des dossiers étaient rangés par couleurs et par dates. Il parcourut de l'index une série de classeurs pour s'arrêter sur l'un d'entre eux et l'extraire de la planche de bois, il le posa sur son bureau, l'ouvrit délicatement et fixa son regard sur l'en-tête d'un relevé bancaire.

— Voilà, c'est le Crédit Suisse Bernois.

— Tiens, tiens, fit Gwenn. Maintenant j'ai une piste solide et je crois que je commence à comprendre...

— Que voulez-vous dire ?

— Que votre "grand ami de la famille", Malo Louarn, a financé sa maison de retraite "Les Hortensias Bleus" par le biais d'une banque suisse qui est précisément la même.

— Croyez-vous que...

— Pour le moment, je n'ai que des présomptions. Mais je crois nécessaire de faire un saut à Berne, avec votre accord naturellement...

— Allez jusqu'au bout, monsieur Rosmadec. Maintenant, je veux savoir.

— Je vais avoir besoin de vous, Maître.

— En quoi puis-je vous être utile ?

— Vous allez préparer une lettre au banquier, me présentant comme votre chargé d'affaires et lui demandant de me laisser effectuer un contrôle sur l'origine des fonds qui vous sont versés.

— Vous connaissez la réticence des banquiers suisses à divulguer leurs informations...

— Sauf si vous spécifiez que vous craignez un blanchiment d'argent sale à vos dépens, ce qui aurait des effets dévastateurs sur la banque elle-même.

— Croyez-vous que cet argument suffira ?

— Les banquiers suisses ont conservé des milliards en provenance de dépôts de Juifs qui ont disparu dans les camps. L'absence de certificat de décès leur a permis de refuser aux éventuels descendants une rétrocession. Mais, petit à petit, les choses ont éclaté au grand jour et leur image en a été durablement ternie. Non, croyez-moi, ils ne prendront plus ce risque.

— Très bien, je vous la prépare. Autre chose ?

— Oui, faites-moi une lettre destinée au notaire suisse.

— Mais j'ignore son nom.

— Faites-la quand même ; je compléterai quand j'aurai trouvé.

— Et que dois-je y mettre ?

— Que vous envisagez de lui demander de rédiger votre testament, comme votre père l'a fait avant vous et que vous m'avez chargé de le représenter pour connaître tous les éléments permettant de traiter au mieux cette affaire dans un esprit bien compris d'intérêt mutuel.

— Vous allez jouer sur l'appât du gain ?

— Ça aussi, ça marche. Et une dernière chose, Maître…

— Je vous écoute.

— J'aimerais emmener mon épouse avec moi. Pouvez-vous prendre à votre charges nos frais ?

— Après ce que madame Rosmadec a fait pour moi, j'aurais vraiment mauvaise grâce à refuser. Je vais donner des instructions à Marie-Jeanne pour qu'elle réserve hôtel et billets d'avion. Vous recevrez tout cela dans quelques jours.

— Merci infiniment.

— Bonne chance, monsieur Rosmadec !

Avant de monter dans sa voiture, Gwenn vérifia qu'il n'y avait pas de message en attente sur son portable. En fait il n'y avait qu'un SMS :

« *Urgent, rappeler Ct Lamarre.* »

XXII

Ronan Lamarre avait posé son sac dans une vaste villa qui dominait la rade de Brest. D'une large baie vitrée, il dominait le port de plaisance où les mâts des navires tintinnabulaient au gré des vents. Un énorme trimaran taillé pour la course au large trempait son mufle dans les eaux froides de la baie comme pour en aspirer sa force magique. Un peu plus loin, on distinguait le nouveau pont à haubans surmontés de deux feux à éclats rouges signalant les positions des pylônes de béton.

— Ah, quand on passait le "Petit Minou", on savait qu'on était arrivé au port !

Une légère teinte de regret assombrissait les propos du commandant qui restait toujours chaleureux.

— Whisky, monsieur Rosmadec ?

— Avec plaisir. Sans glaçons.

— Vous êtes connaisseur. J'apprécie.

— Si nous en venions à la raison de ma visite, Commandant ?

Ronan Lamarre versa deux rasades du liquide ambré dans deux verres à pied, comme en Écosse, en avala une lampée, se cala dans son fauteuil et regarda Gwenn.

— Lors de notre dernière rencontre, monsieur Rosmadec, vos recherches ont suscité en moi des interrogations et j'ai eu envie de fouiller un peu plus loin dans les archives.

— Je pensais n'être pas autorisé à en savoir plus.

— C'est bien la raison pour laquelle vous êtes chez moi à titre officieux et cette discussion n'a jamais eu lieu. Vous me comprenez, monsieur Rosmadec ?

— Parfaitement, Commandant.

— Donc nous étions arrivé au moment où Fanch Lefort, espion de la République, simulait les fonctions de directeur de plantation de caoutchouc dans le Triangle d'or. Je vous ai laissé entendre qu'il ne possédait pas en nom propre la plantation mais qu'elle avait bien été financée par les fonds secrets de l'Élysée. Pendant un an, Fanch Lefort exécuta sa mission avec l'efficacité qu'on lui connaît. Ses rapports, transmis régulièrement, faisaient état des liens qu'il avait tissés avec les producteurs d'opium et de la confiance qu'il avait réussi à établir avec eux au point d'être convié un jour par le grand patron des producteurs.

Ronan Lamarre fit une pause, prit une profonde respiration, s'humecta le gosier d'une gorgée de scotch et reprit son monologue :

— Connaissez-vous Luang Pô ?

Comme tout journaliste bien informé, Gwenn savait que Luang Pô s'était rendu célèbre à une époque où il avait réussi à fédérer les tribus de montagnards du Triangle d'or pour tenter d'établir un territoire indépendant. La répression avait été terrible mais il s'en était sorti indemne, caché avec ses hommes dans un coin de montagne introuvable. Gwenn fit oui de la tête et laissa le commandant poursuivre.

— Figurez-vous que Luang Pô n'était autre que le grand chef des trafiquants d'opium du Triangle d'or.

— Vos sources sont-elles fiables ?

— Nos sources, cher monsieur, ce sont les informations que nous faisait remonter Fanch.

— Quel rapport cela a-t-il avec notre histoire ?

— Fanch devait le rencontrer pour négocier ses services en qualité de futur producteur et, éventuellement, de lien avec l'Europe. S'il parvenait à ses fins, non seulement nous pouvions démanteler toute l'organisation mais aussi couper l'herbe sous le pied des Viets d'Hô Chi Minh qui finançaient leur guerre par ce trafic.

— Et que s'est-il passé ?

— Fanch est parti au rendez-vous mais il n'a jamais pu voir cet homme. Luang Pô n'est pas venu. Fanch a estimé que sa couverture ne le protégeait plus. Il a aussitôt quitté la zone. C'est alors qu'il est tombé gravement malade et est mort à l'hôpital militaire où on l'avait déjà soigné.

— Excusez-moi, Commandant, mais je crains n'avoir guère appris grand-chose de plus.

— Vous avez appris tout ce que les archives pouvaient révéler concernant Fanch. Mais en fouillant le dossier Luang Pô, j'ai découvert que ce dernier avait épousé une Française, laquelle a disparu avec lui.

— Et alors ?

— Et alors, ils ont eu une fille, monsieur Rosmadec, une fille qui a voulu prendre ses distances avec ce passé peu glorieux et s'est installée sur la terre de ses ancêtres maternels.

— C'est-à-dire ?

— La Bretagne bien évidemment. Elle s'appelle Françoise Jolifleur, du nom de sa maman, et travaille comme principale de collège à Saint-Renan, une grosse commune au-dessus de Brest.

— Comment pourrais-je la rencontrer ?

— Elle vous attend, monsieur Rosmadec. Je l'ai appelée ce matin et lui ai demandé un entretien pour vous.

XXIII

Le gros bourg de Saint-Renan traînait ses langueurs au creux d'un vallon cerné par deux étangs constellés de canards. La ville avait dû connaître des heures de gloire dont témoignaient ses vieilles rues aux maisons à encorbellement et aux fenêtres à vitraux flamands. La place centrale du marché avait retenti des fers des gros chevaux bretons qui avaient autrefois charrié les richesses de la paysannerie locale, mais aujourd'hui, elle se contentait de recevoir les cercles celtiques dont quelques anciens s'obstinaient à danser en sabots de bois.

La modernité avait gagné les abords de la bourgade et les maisons modernes s'étaient implantées sur d'anciens champs de blé. Gwenn traversa une zone commerciale où les hangars se succédaient sous des enseignes différentes jusqu'à un rond-point. Sur le flanc d'une colline, un complexe éducatif avait pris possession des lieux : une école, un gymnase et surtout le collège où officiait Françoise Jolifleur. Gwenn gara sa voiture et pénétra dans l'enceinte du bâtiment. L'administration occupait une sorte de mezzanine avec, d'un côté, les services de l'intendance, de l'autre, la direction. Il s'avança vers cette porte et entra. Une accorte secrétaire l'accueillit un large sourire.

— Monsieur Rosmadec ? Madame Jolifleur vous attend.

Et elle ouvrit la porte qui donnait sur le bureau de la principale. Françoise Jolifleur tenait de son Asiatique de père des pommettes un peu saillantes et des yeux légèrement bridés. Mais elle aurait pu parfaitement passer pour une authentique Bigoudène. Blonde, souriante, elle avait souligné l'éclat de ses yeux bleu pâle à grands coups de mascara qui avaient lustré ses cils comme un écrin de velours. De fines lunettes, carrées vers l'extérieur et triangulaires sur les ailes du nez, encadraient son visage. Des gouttes d'argent accrochées à ses oreilles accompagnaient le balancement de sa tête. Vêtue d'un ensemble en satin noir aux épaules de cuir et bottée de hauts talons fins, elle mettait en lumière son buste d'un foulard de soie vert, jaune et blanc. Ultime coquetterie : un bracelet de vieil ivoire au poignet droit et un saphir bleu sombre couronné d'éclats de diamants à l'annulaire gauche. Son sillage laissait les effluves d'un parfum délicat et tout en elle inspirait l'intelligence et la sensualité.

Dans un coin du bureau, couché dans un panier de tissu bleu, dormait un petit cocker noir qui dressa la tête lorsque Gwenn pénétra dans la pièce.

— Sage Lalouk, sage ! Couché !

Le petit cocker se tourna vers sa maîtresse puis reprit sa position alanguie.

— Il a l'air paisible mais si quelqu'un s'approchait un peu trop près, je ne pourrais pas l'arrêter.

— J'ai compris le message, Madame. Merci d'avoir accepté de me recevoir.

— Asseyez-vous, dit-elle en tendant son index vers un fauteuil d'administration.

François Jolifleur décrocha son téléphone et dit à celle qui devait être la secrétaire :

— Qu'on ne me dérange en aucun cas !

Puis, de ses longues mains fuselées, elle souleva une boîte en carton qu'elle tendit vers son invité :

— Chocolat ? C'est une spécialité locale aux algues. Goûtez ! Ils sont délicieux.

Un peu étonné, Gwenn obtempéra. Un charme mystérieux émanait de ce personnage et l'autorité naturelle qui en émanait devait être un héritage de son père. Gwenn avala son chocolat et, sans qu'il ait eu le temps de poser la moindre question, Françoise Jolifleur prit la parole :

— Monsieur Rosmadec, je vais vous confier quelque chose que je porte dans mon cœur depuis fort longtemps et qui me pèse lourdement.

— Je suis flatté de votre confiance, Madame, néanmoins permettez-moi d'exprimer mon étonnement. Que me vaut de devenir votre confident voire même votre confesseur ?

— Je n'ai rien à confesser, monsieur Rosmadec. Je choisis librement de révéler à qui je veux et quand je veux quelque chose qui me pèse.

— Certes, mais encore, pourquoi moi ?

— Le commandant Lamarre est un homme très respecté. Il m'a chaudement recommandé votre personne. La parole d'un officier de la Marine nationale me suffit dès lors que l'usage que vous ferez de ces révélations ne nuira à personne.

— Au contraire, Madame, si ce que vous avez à dire m'aide dans mon enquête, ce sera pour le bien d'honnêtes gens. Je vous écoute.

La principale jaugea un instant son interlocuteur d'un œil inquisiteur puis, satisfaite, se carra dans son fauteuil.

— Mon père s'appelait Luang Pô. Je suis née dans une vallée de Birmanie où j'ai passé les premières années de ma vie, une vie heureuse et insouciante car mon père était riche et respecté. Ce n'est que plus tard que j'ai appris l'origine de sa fortune. Bien que loin de la France, ma mère me donna une éducation européenne et s'assura que je dispose toujours d'un passeport français.

Elle fit une pause et ses yeux se perdirent dans le lointain, comme pour attraper un voile de ce passé heureux. Puis elle reprit :

— Un jour, une grande réunion fut organisée dans la maison. Des chefs de diverses tribus étaient venus voir mon père. Il y avait aussi deux Européens ce soir-là.

— Vous souvenez-vous de la raison de cette réunion ?

— C'était l'occasion de faire le point et aussi de redistribuer l'or de la vente de l'opium.

— L'opium était vendu contre de l'or ?

— Oui, des petits lingots. Mon père en avait plusieurs coffres.

— Et les Européens ?

— Ils attendaient dehors d'être reçus. Mais ils ont discuté longuement avec les gens du village parce qu'ils avaient été introduits là par l'un d'entre eux.

— Que s'est-il passé ?

Le voile du passé se ternit et les yeux perdirent leur éclat :

— Le lendemain, quand je suis sorti de ma chambre, tous dans la maison étaient morts, assassinés. Ils avaient tous une balle dans le cœur ou dans la tête. Les Européens avaient disparu avec les coffres d'or.

— Et ce sont eux qui…

— Ils avaient une arme dans la jeep, un fusil à canon court muni d'un silencieux.

— Personne ne les a poursuivis ?

— Tous les chefs avaient été tués, plus personne n'avait la possibilité de décider quoi que ce soit et lorsque les esprits ont commencé à comprendre, il était trop tard.

— Qu'avez-vous fait ?

— Mes parents étaient morts tous les deux. On a fait croire à une disparition mystérieuse pour continuer à invoquer le spectre de la rébellion et rassurer les tribus ; puis on a brûlé les corps pour qu'ils disparaissent à jamais et qu'on ne puisse pas les identifier. Ensuite, on m'a conduit à l'ambassade de France avec mon passeport et le birman qui m'a accompagnée a déclaré m'avoir trouvée errant dans la jungle. J'ai été expédiée en France et prise en charge par la DDASS.

— Pourquoi vouliez-vous me faire part de cette histoire ?

— Parce que, quand on est orpheline, la seule chose qui compte c'est de tenter de savoir qui sont ses parents. Moi je savais qui ils étaient mais n'avais pas le droit de le dire. J'ai porté ce fardeau pendant des années sans savoir comment m'en débarrasser. Maintenant, ça y est… Monsieur Rosmadec, vous n'imaginez pas le bonheur que vous m'avez fait de m'écouter.

Le sourire pétillant d'intelligence avait reconquis le visage de Françoise Jolifleur. Elle se leva, manière de faire comprendre que l'entretien était terminé.

Gwenn la salua en remerciant et, alors qu'il descendait les rues de Saint-Renan, il ne put s'empêcher de répéter à plusieurs reprises :

— Quelle femme !

*

Le téléphone sonna sur le bureau. Françoise Jolifleur décrocha :

— Allô ?

— Bonjour ma chérie, comment vas-tu ?

— Bonjour papa, très bien merci.

— Il est parti ?

— Oui il vient de sortir.

— Et… ?

— Je lui ai tout dit.

— Comment te sens-tu ?

— Curieuse, un mélange d'euphorie et de tristesse. Je ne sais pas quel sentiment est le plus fort.

— Il te faut un peu de temps pour assumer le choc.

— Oui, je sais.

— Est-ce que tu viens dimanche ?

— Oui, avec plaisir.

— Alors à bientôt.

— Au revoir papa.

Ronan Lamarre raccrocha le combiné. La légère crispation qui insinuait régulièrement une tension dans son regard venait de se dissiper. Il avait enfin réussi à soulager la douleur de sa fille adoptive.

XXIV

Soazic Rosmadec lisait des documents sur la Suisse qu'elle avait récupérés sur Internet. Fidèle à son habitude, elle préparait le voyage avec soin pour en tirer le plus grand plaisir. Et, pour une fois que son mari était payé pour le faire, elle en était doublement satisfaite. Assise confortablement sur le sofa en cuir, elle feuilletait les pages tout en sirotant un thé noir de Chine aux vertus amincissantes quand le téléphone sonna. Soazic tendit le bras vers le combiné sans fil qu'elle avait posé sur la table du salon.

— Allô ?

— Madame Rosmadec ? Bonjour. Je suis la secrétaire de maître Lefort.

Habituellement cassante, la voix de la vieille secrétaire s'efforçait d'exprimer un peu de chaleur humaine. Mais Soazic sentait bien que c'était contraire à ses habitudes.

— Je vous écoute.

— Voilà, j'ai préparé votre voyage comme maître Lefort me l'a demandé et vais vous envoyer les documents par porteur.

— Je vous en suis très reconnaissante.

— Il faut que je vous dise, et croyez-moi, j'en suis sincèrement désolée…

Le cœur de Soazic se mit à battre un peu plus vite tandis que ses sourcils se fronçaient.

— Oui ?

— Rien de grave, rassurez-vous. Voilà, à cette époque de l'année tous les vols pour Berne sont pleins et je n'ai pas réussi à vous trouver une place, même en première classe. Alors arrivés à Genève vous aurez une Mercedes pour parcourir le trajet jusqu'à Berne. Avec l'accord de maître Lefort, bien entendu. J'espère que cela ne vous dérange pas trop ?

Soazic poussa mentalement un soupir de soulagement :

— Non, pas du tout. Ce sera l'occasion de faire un peu de tourisme.

— Vous m'en voyez ravie. Je vous expédie le tout immédiatement. Faites un bon voyage, madame Rosmadec !

— Merci.

Soazic posa le combiné et alluma l'ordinateur. « Bien, songea-t-elle. J'ai tout sur Berne mais rien sur Genève. Au boulot ! »

XXV

Les passagers du vol Paris-Genève s'étaient agglutinés autour du tapis roulant qui déversait leurs bagages. Les annonces en français, anglais et allemand tapissaient le fond sonore du grand hall mais Soazic n'en avait cure. Ce voyage d'affaires la rendait amoureuse et elle avait évoqué un temps la possibilité de faire des galipettes sur une plage discrète du lac Léman.

— Je suis là pour affaires, avait rétorqué Gwenn même s'il savait bien que, dans ce domaine, son épouse avait des arguments solides.

— Oui d'accord, mon minou, mais après les affaires, il y a le plaisir, non ? Et tu m'as bien dit que nous irions rendre visite à ton copain Pierre Leroux à Lausanne ?

Gwenn haussa les épaules puis, d'une main ferme, souleva la valise qui passait à sa hauteur pour la déposer sur un chariot. Ils se dirigèrent ensuite vers la douane puis vers la sortie où un homme en costume clair les attendait avec leur nom sur un panneau de bois.

— Je suis Gwenn Rosmadec.

— Bienvenue en Suisse, monsieur Rosmadec. Voici les clés de la voiture que vous avez réservée. Elle vous attend sur le parking. Bon séjour chez nous. Monsieur, Madame…

L'homme s'inclina puis disparut dans la foule. Gwenn le regarda s'éloigner, prit Soazic par l'épaule et se dirigea vers le parking où une luxueuse Mercedes les attendait.

— Il fait bien les choses, ton client.

Gwenn mit le contact, le moteur était aussi silencieux qu'il était puissant.

— Regarde, il y a même un ordinateur de bord.

— Eh bien, si ça t'amuse, essaie de le programmer sur Berne. Même si c'est de l'autoroute, au moins nous aurons la direction pour quitter Genève.

— A vos ordres, Captain !

Malgré son poids phénoménal, la grosse berline semblait glisser sur le bitume et obéissait au doigt du conducteur. Sur un écran, la carte du quartier s'était éclairée et la position de la Mercedes se signalait sous la forme d'une croix rouge. Une voix féminine donna les indications de direction :

— La prochaine à droite… Prenez le tunnel… Au feu tout droit… pénétrez sur l'autoroute…

De part et d'autre du ruban d'asphalte, de grandes prairies en pente douce accueillaient des chalets en bois aux balcons sculptés et couverts de fleurs. Au loin, les Alpes dressaient leurs sommets enneigés tels de fiers gardiens de l'Helvétie. Gwenn avait enclenché le mécanisme de contrôle automatique de vitesse et l'ordinateur menait la berline à un 140 régulier en direction de Berne.

Soazic avait pris ses aises. Elle s'était confortablement enfoncée dans le fauteuil. Puis avait ôté ses escarpins pour glisser des morceaux de coton entre ses orteils. Enfin elle avait calé ses deux pieds sur le tableau de bord du véhicule et, dans la volupté d'une sonate de Mozart, se peinturlurait les ongles des doigts de pieds avec l'application et le sérieux d'un élève de Picasso.

Au bout d'un moment, satisfaite, elle referma son flacon de rouge et admira le résultat.

— Tu vois, je vais te faire honneur.

— Je n'en doute pas un instant. As-tu emporté tes tongs ?

— Monsieur fait de l'humour, comme d'habitude ! Non, j'ai l'intention de rendre visite aux magasins de chaussures de Berne pendant que tu traiteras tes “affaires”.

Gwenn ne répondit rien. Il venait de s'apercevoir que le frein avait du mal à répondre. Pire, la vitesse, au lieu de diminuer, augmentait progressivement. Dans le même temps, l'autoroute, longtemps longiligne, suivait maintenant les sinuosités de la montagne. Gwenn enfonça le pied sur la pédale mais sans effet aucun. Le véhicule allait de plus en plus vite. Et, à chaque virage, les pneus, sollicités par la force centrifuge et la vitesse de la Mercedes, crissaient à perdre haleine. Soazic se remit en position assise.

— Mais qu'est-ce qui te prend ? Tu es fou ?

La main crispée sur le volant et les mâchoires serrées, Gwenn lui intima l'ordre de serrer sa ceinture :

— L'ordinateur ne répond plus. Cette voiture est folle.

— Oh, mon Dieu ! Gwenn, ça recommence !

La Mercedes avait atteint les 160 et Gwenn devait à présent zigzaguer entre les voitures qui le précédaient tout en donnant de grands coups d'avertisseur. La voiture n'obéissait plus qu'à une sombre et machiavélique machination destinée à les éliminer. Devant eux, les trois voies étaient occupées par deux camions et une voiture. Gwenn tenta de peser de tout son poids sur la pédale du frein sans que cela eût un effet quelconque. Alors qu'il circulait sur la voie centrale, il jeta la voiture sur la droite et passa en trombe par la bande d'arrêt d'urgence. Tout en contrôlant le véhicule, il demanda :

— Tu as bien préparé l'itinéraire ? Tu sais ce qui nous attend dans les prochains kilomètres ?

La Mercedes était alors à 180.

— Oui.

La voix de Soazic était blanche mais elle poursuivit :

— D'abord une pente régulière, puis un col.

— A quelle distance ce col ?

— Environ cinq kilomètres.

— Ensuite ?

— Une descente sur un petit village.

— L'autoroute traverse le village ?

— Non, elle le longe, mais elle fait un demi-cercle près d'un lac.

— Quelle profondeur le lac ?

— Si je me souviens bien, quinze mètres en son milieu.

— Alors accroche-toi et quand je te le dis, prends une grande respiration.

Soazic avait compris. La montée vers le col était pratiquement terminée. La Mercedes bondit sur le versant de la petite montagne au bas de laquelle l'autoroute séparait un hameau d'une étendue d'eau. L'auto était maintenant à 220 et Gwenn avait du mal à éviter les véhicules qui le précédaient et dont certains lui lançaient de tonitruants coups de klaxon. La sérénité helvétique s'accordait mal avec ce qui ressemblait à un chauffard irresponsable. Gwenn, dans les secondes qui suivirent, scruta l'environnement et son esprit analytique avait rapidement classé les éléments du paysage pour prendre en compte ceux dont il pourrait tirer profit. La voiture commença à longer le lac et entama la courbe.

— Tu es prête ?

— Oui.

— Maintenant.

Soazic prit une grande goulée d'air tandis que Gwenn lançait la voiture à l'assaut d'une barrière qui les séparait du lac. Les poteaux de bois volèrent en éclats tandis que la Mercedes entamait une longue courbe qui la fit retomber, le mufle en avant, dans une immense éclaboussure. Puis l'arrière retomba à son tour et la berline sembla se stabiliser. Gwenn hurla :

— Décroche ta ceinture et ouvre la portière !

Soazic obtempéra. Mais c'était déjà trop tard. La pression de l'eau l'en empêchait.

— Je ne peux pas, Gwenn, Oh mon Dieu ! Je n'y arrive pas.

La voiture avait commencé son voyage vers les profondeurs. Une sensation de froid commença à les envelopper tandis que la lumière diminuait progressivement. L'eau avait pénétré par les interstices et montait le long de leurs jambes.

— Écoute-moi bien. Nous allons atteindre le fond. Quand l'eau aura rempli l'intérieur, la pression sera la même de part et d'autre et tu pourras ouvrir. Il faudra ensuite remonter tranquillement sans faire de gestes inutiles. Tu as bien compris ?

Soazic fit oui de la tête. L'eau était à la hauteur de ses seins.

— Respire très fort plusieurs fois et gonfle tes poumons quand tu seras prête.

Sa dame de cœur serrait la main sur la poignée de

la porte en respirant puissamment. L'eau atteignit sa bouche, son nez. Elle tenta de lever la tête pour récupérer une dernière goulée puis enfonça sa tête dans l'habitacle et poussa.

Malgré sa vision troublée de l'élément liquide, Gwenn comprit que quelque chose ne marchait pas. Soazic secouait la poignée sans que celle-ci ne veuille s'ouvrir et il perçut le regard lourd de terreur de sa femme qui se voyait mourir noyée dans une Mercedes au fond d'un lac suisse. Gwenn poussa sa portière. Celle-ci s'ouvrit doucement. Il agrippa son épouse par le chemisier et la tira vers lui puis il se glissa hors de la voiture et prit appui sur le sol boueux. Serrant Soazic dans ses bras, il donna une violente impulsion, priant le ciel que la couche de boue ne soit que superficielle. En fait, c'était une roche dure des Alpes qui avait emprisonné l'eau du lac. La poussée les propulsa vers le haut. Dans la panique, Soazic avait perdu tout son air mais elle fit un terrible effort pour ne pas ouvrir la bouche afin de ne pas répondre à cet impérieux appel de son cerveau qui lui disait : « Ouvre… ouvre… Tu te sentiras mieux ensuite, ouvre… »

Telles deux grosses bulles, ils jaillirent à la surface et enfin Soazic s'abandonna à ses pulsions de vie. Gwenn reprit son souffle en s'assurant que son épouse allait bien.

— Tu peux nager jusqu'à la rive ?

— Oui, je crois que oui. Maintenant ça va.

— OK, on y va.

Il ne leur fallut que quelques instants pour atteindre le lieu de leur envol. Des badauds s'étaient arrêtés et leur faisaient de grands signes. L'un d'eux descendit dans l'eau pour aider Soazic à parcourir les derniers mètres et se hisser sur la pelouse de la rive. Quelqu'un leur apporta des couvertures et un café chaud tiré d'une bouteille thermos. Petit à petit, ils reprirent leurs esprits. Une sirène se fit entendre, dont le son allait croissant. La police municipale du village, rapidement informée de l'accident, arrivait sur les lieux. Un officier en uniforme en descendit et fendit la foule jusqu'aux deux rescapés.

— Bonjour. Puis-je voir vos papiers, je vous prie ?

L'homme avait prononcé sa phrase avec cet accent caractéristique des Suisses francophones. Était-ce l'accent ? Le choc de l'accident ? L'incongruité de la question ? Gwenn et Soazic se regardèrent et éclatèrent de rire.

XXVI

— Voici un laissez-passer valable sur le territoire helvétique pour vous et votre femme, monsieur Rosmadec.

Gwenn regarda l'officier avec un mélange de surprise et de circonspection. A tel point que l'officier suisse éprouva le besoin de préciser sa pensée :

— D'abord, nous avons eu la confirmation de votre identité par un de vos anciens collègues journalistes, Pierre Leroux, qui travaille au *Matin* de Lausanne. Ensuite, nous avons appelé la gendarmerie de Pont-l'Abbé et madame Le Roy, adjudant, s'est portée garante de vous. Vous êtes donc libres. Par ailleurs, maître Lefort de Quimper a fait effectuer un virement de fonds sur un compte spécial et nous allons donc vous remettre un petit capital pour vous permettre de faire face à vos frais immédiats.

En même temps qu'il parlait, le policier remit à Gwenn une enveloppe apparemment bien garnie.

— Je me dois de saluer l'efficacité suisse et de vous remercier de l'aide que vous nous avez apportée.

— C'était un plaisir et un devoir, monsieur Rosmadec.

— Savez-vous comment nous pourrions gagner Berne ?

— Au prochain bourg, vous trouverez une agence de location de véhicules. Si vous voulez, mon adjoint pourra vous y déposer avec le véhicule de service.

— C'est fort aimable à vous.

— Surtout que je peux vous garantir l'honnêteté du garagiste. J'ai effectué une petite enquête rapide et il semble que la Mercedes au fond du lac soit un véhicule diplomatique volé. Quant à votre loueur genevois, il n'existe pas. Aucun loueur de voitures ne dispose de véhicule de ce type. J'ignore à qui vous avez affaire, monsieur Rosmadec, mais on veut votre peau. Soyez prudent, très prudent !

L'homme se tourna vers son adjoint :

— Henri, tu es prêt ?

— Oui Chef.

— Bonne route monsieur Rosmadec ! Au revoir Madame.

Gwenn et Soazic s'engouffrèrent dans le gros 4X4 de la police et laissèrent Henri les mener à bon port.

C'est finalement à bord d'une discrète Toyota blanche qu'ils pénétrèrent dans les rues de Berne.

XXVII

Son statut de capitale fédérale valait à Berne un quartier moderne aux hautes tours d'acier et de verre où se terraient les quartiers généraux des empereurs financiers helvétiques et les services des administrations de l'État.

Mais de sa longue histoire, la cité avait su préserver de superbes quartiers anciens aux vieilles maisons à colombages, nichés dans un méandre serré de l'Aare et qui témoignaient d'une richesse passée et présente, sans trop d'ostentation. Les façades étaient bourgeoises mais sobres, les édifices publics anciens, imposants de taille et de volume mais de cette discrétion qui sied si bien au protestantisme.

Gwenn s'arrêta dans le parking privé de l'Hôtel des Ambassadeurs, superbe bâtisse ancienne érigée au bord de la rivière.

Le concierge dans sa stricte tenue grise, brodée au col de clés d'or, accueillit le couple avec professionnalisme. Depuis trente ans qu'il faisait ce métier, il en avait vu passer des excentriques et ces deux-là, nul doute qu'on pouvait les classer dans cette catégorie :

l'homme aux cheveux roux en bataille, au costume fripé, aux chaussures sales, la femme aux pieds nus, à l'air shooté et qui semblait sortir d'une nuit sous un pont. Mais il savait aussi que plus on est excentrique, plus on en a les moyens. Aussi c'est avec respect et diligence qu'il donna aux nouveaux arrivants les consignes habituelles et les clés de leur chambre. Du reste, celle-ci avait été réservée. L'homme lui sourit et demanda l'adresse d'un bon tailleur pour lui et d'un magasin de chaussures pour son épouse. Probablement sortaient-ils d'une quelconque partie comme seuls savent en organiser ces riches qui cherchent à s'encanailler le temps d'une soirée…

Dès leur arrivée dans la chambre, Gwenn s'empara du téléphone pour passer plusieurs coups de fil importants, en particulier au banquier avec lequel il avait rendez-vous le lendemain, tandis que Soazic s'abandonnait au bonheur d'un bain moussant.

C'est un couple radicalement nouveau qui sortit ce soir-là de l'hôtel pour déambuler dans les rues de la vieille ville. Soazic avait sorti un petit appareil numérique qu'elle avait acquis dans la galerie marchande de l'hôtel grâce aux libéralités de maître Lefort et photographiait les fontaines polychromes postées régulièrement le long de la promenade. Ils dénichèrent enfin une petite taverne dans un sous-sol et testèrent avec joie la gastronomie locale.

— Qu'est-ce que tu fais demain, mon minou ?

— A neuf heures j'essaye mon nouveau costume et à onze heures, je vais voir mon banquier.

— Tu as besoin de moi ?

— J'aimerais que tu restes dans les parages. Du reste, tu trouveras plein de boutiques tout autour de la banque et nous resterons en contact par téléphone. J'en ai loué deux tout à l'heure à l'hôtel.

— Et que devrais-je faire ?

— Simplement surveiller, épier, observer, noter tout ce qui te semblerait anormal. N'hésite pas à faire des photos si besoin.

— OK, bien compris, Captain !

Le chant d'un yodleur sorti d'un juke-box caressa leur tympan. Ils écoutèrent en silence cette étrange mélodie alpine qui rappelait le cri d'un goéland argenté en rut de leur pays natal puis, dans le silence revenu, ils regagnèrent leur hôtel.

XXVIII

Le Crédit Suisse Bernois était installé au sein d'une grosse maison bourgeoise néogothique qui donnait sur une petite place où trônait fièrement la statue d'un guerrier alémanique.

Gwenn, impeccable dans son costume clair, sa cravate en soie et ses mocassins tressés, jouait son rôle de chargé de mission. En face de lui, un quadragénaire en costume sombre et gilet de laine rouge, écoutait son interlocuteur tout en lisant la lettre que maître Lefort avait transmise à l'hôtel par internet. Lorsque Gwenn eut terminé ses explications, le banquier posa le document, sourit aimablement et déclara, en un discours, semblait-il, parfaitement rôdé :

— Votre demande est légitime, cher monsieur. Et vous représentez un notable français parfaitement honorable.

Il fit une pause en regardant Gwenn droit dans les yeux pour mieux faire passer son discours :

— C'est donc la raison pour laquelle il m'est impossible d'accéder à votre demande.

Gwenn prit l'air surpris et déçu. Le banquier continua :

— Voyez-vous, le secret bancaire est un pilier de nos institutions. C'est d'ailleurs ce statut particulier qui légitime notre efficacité auprès de notre clientèle mondiale. Or, il en va tout autant de notre honorabilité. Nous sommes une petite banque à l'échelle de nos concurrents mais nous tenons beaucoup au respect de notre nom. Que penseraient nos clients si notre parole envers eux devait être remise en cause ?

Gwenn dodelinait comme pour assurer l'homme de sa compréhension. Mais, en même temps, dans sa poche, il appuya discrètement sur un bouton de son téléphone portable.

— Je suis bien conscient de l'inquiétude de maître Lefort quant à l'origine du capital de son testament que nous sommes chargés de faire fructifier mais il doit savoir que...

A ce moment précis, le téléphone sonna sur le bureau du banquier qui s'en saisit en s'excusant auprès de son hôte :

— Vous permettez ?

— Je vous en prie.

La conversation fut brève mais, au fur et à mesure de son déroulement, le visage du banquier se décomposa. Il tenta bien de contre argumenter mais, au bout du fil, le marteau-piqueur d'arguties fit son effet. Il conclut en disant :

— Bien, je comprends tout à fait. Vous pouvez compter sur moi.

Puis il tourna vers Gwenn son visage défait :

— Il semble, cher monsieur, que certaines difficultés ont été aplanies en amont. Compte tenu de ces circonstances, je suis en mesure de répondre à vos attentes.

Gwenn s'efforça de rester impassible mais il eut une pensée émue pour Pierre Leroux qui venait de convaincre un banquier suisse qu'il valait mieux protéger sa réputation par la vérité plutôt que de risquer de subir une campagne de presse sur les supposés blanchiments d'argent sale du Crédit Suisse Bernois. Un mastodonte bancaire avait les reins assez solides pour faire face, pas cette petite société qui voulait jouer dans la cour des grands mais n'en avait pas les moyens.

*

Soazic avait eu largement le temps de détailler les chaussures, escarpins, brodequins, bottes et autres accessoires qui transformaient le pied de la femme en stimuli de désir pour tous les fétichistes mâles et avait commencé à exercer son regard sur les détails des constructions bernoises qui cernaient la petite place : pas grand-chose de particulier, elles étaient toutes coquettes, anciennes et édifiées selon un modèle de base néogothique qui donnait à l'ensemble un style semi-médiéval.

L'avantage d'un appareil numérique, c'est de ne plus s'inquiéter du nombre de photos que l'on peut prendre aussi Soazic n'hésitait pas à déclencher un peu au hasard le contacteur et le zoom.

L'architecture de la banque était taillée dans la même veine que celle des maisons voisines, une étonnante série de petits châteaux forts carrés aux terrasses hérissées de remparts. La banque se distinguait des autres par un discret panneau rédigé en lettres gothiques qui identifiait l'institution abritée. C'est d'ailleurs ce qui intéressa d'abord la dame : le travail fin et délicat des enlumineurs alémaniques, capables de transformer un simple texte en œuvre d'art. L'œil de l'objectif se promena le long des méandres du document, s'arrêtant sur les pleins, glissant sur les déliés, tandis que le zoom augmentait ou diminuait la taille de la prise de vue. Un détail arrêta la promenade du viseur : une pierre au-dessus de la porte semblait différente des autres. Le zoom se focalisa sur l'objet et, en grossissant le détail, Soazic s'aperçut que, de part et d'autre, le ciment avait disparu. Mieux, la pierre bougeait, doucement, certes, mais elle avançait vers l'avant. Soazic regarda au-dessus. Une silhouette était penchée sur le bloc et maniait un levier, une silhouette noire, coiffée d'un chapeau dont la voilette lui dissimulait le visage. De toute évidence, la situation était parfaitement incongrue. Autant un ouvrier en bleu de travail aurait trouvé sa place sur cette corniche, autant cette "personne" dans son souci évident de dissimulation, attirait inévitablement le regard. Il est vrai qu'étant presque cachée derrière le bloc, il avait fallu le viseur, le zoom et le hasard pour la débusquer. Soazic continua d'observer le manège avec attention. La pierre était maintenant à moitié avancée vers l'avant. Elle risquait de tomber d'un moment à un autre. Sous le porche, une porte vitrée donnait sur un corridor au bout duquel deux hommes devisaient. Elle reconnut immédiatement la tignasse rousse de son homme et s'aperçut que la pierre continuait de bouger ; elle était pratiquement descellée et prête à choir. Soazic comprit enfin le but de l'opération : on en voulait à son Gwenn. Elle lâcha immédiatement l'appareil et se précipita le long du bâtiment en hurlant : « Gwenn, attention ! » et, au moment où il sortait, elle se jeta sur lui, le projetant sur le côté. Gwenn, surpris, allait interroger son épouse quand la pierre tomba en un fracas épouvantable, écrasant sous elle la tête du banquier. Son corps fut pris de convulsions nerveuses qui agitèrent ses bras et ses jambes puis il s'immobilisa, terrassé définitivement.

Gwenn comprit immédiatement ce qui s'était passé. Il se rua vers les barreaux de fer scellés dans le mur qui devaient servir d'éventuel secours et bondit sur la terrasse. La silhouette noire commençait à descendre de l'autre côté de la banque. Mu par une colère qu'il avait jusqu'à présent réussi à contenir et qui décuplait sa force, il se précipita à sa poursuite. La forme noire le vit venir et, se tenant d'une main à un barreau, sortit de son sac en bandoulière un petit pistolet. Elle n'eut jamais le temps de le pointer en avant : Gwenn lui décocha un violent uppercut qui lui fit lâcher prise et elle tomba à la renverse dans la ruelle sombre où sa chute se termina en un bruit mat. Gwenn descendit les barreaux, prêt si besoin était, à faire payer cher à son assaillant sa tentative de meurtre. Car, à n'en pas douter, derrière ce bandit, se cachaient les événements sordides qui avaient jalonné son enquête. Le corps gisait immobile ; le chapeau et la voilette s'étaient envolés pendant la chute et un filet de sang coulait de la bouche qui exhalait un râle. La ruelle était trop sombre pour qu'il pût dans l'immédiat la reconnaître. Il s'approcha et découvrit alors avec stupéfaction l'identité de la criminelle : c'était Marie-Jeanne, la vieille secrétaire de maître Lefort, la sportive qui pratiquait le marathon sur les plages. Gwenn souleva doucement sa tête : un œil s'était refermé, l'autre dévisageait le Breton. Marie-Jeanne le reconnut et cria dans un flot de sang : « Maudit, maudit… » Puis elle hoqueta un dernier soupir avant de se figer définitivement dans la mort.

Les sirènes de la police se firent entendre tandis que Soazic se précipitait dans les bras de Gwenn.

XXIX

C'est dans la chambre de l'Hôtel des Ambassadeurs que Gwenn pu enfin trouver la paix dont il avait besoin.

Ils se firent monter un plateau de “shublings”, sortes de saucisses locales arrosées de bière allemande dans une chope d'un litre et Gwenn commença son récit :

— Fanch Lefort avait fait parvenir par on ne sait quel moyen cinq caisses d'or au Crédit Suisse Bernois accompagnées d'instructions selon lesquelles la gestion de cet argent serait exercée par maître Umlaut, notaire à Berne. Les responsables de la banque n'ont pas été trop regardants sur l'origine des fonds, trop heureux de pouvoir compter parmi les organismes auxquels de riches clients étrangers faisaient confiance. Ils avaient pour mission de placer l'or pour générer des profits pour deux bénéficiaires : l'un était Marie Cloarec ainsi que son ou ses descendants, l'autre, et tiens-toi bien, c'est là où je ne comprends pas, était Goulven Louarn et son ou ses descendants. Les instructions consistaient à remettre tous les mois un montant aux deux familles, ou éventuellement, en cas de besoin et en une seule fois, la remise d'un capital.

— C'est comme ça que maître Lefort a payé son étude.

— Exact... Et c'est aussi comme ça que Malo Louarn a financé sa maison de retraite.

— Le banquier n'en savait guère plus. Tout ce qu'il avait à faire c'était d'appliquer les instructions de maître Umlaut en empochant au passage une gratification pour chacune de ses opérations.

— Cinq caisses d'or, ce doit être un fameux pactole, non ?

— Je sais, hélas, que ce n'est pas de l'argent honnêtement gagné.

— Que viennent faire Louarn Père et fils dans cette histoire ?

— Rappelle-toi la séance d'hypnose. Un moment, Marie a parlé de la lettre de Fanch qu'elle avait remise au mage pour qu'il la lui lise.

— Oui, et alors ?

— Ce détail m'avait échappé à l'époque à cause de la crise de nerfs de Marie Cloarec. Mais le père Louarn ne lui a jamais communiqué les termes exacts de la lettre sinon qu'il allait s'occuper de régler les papiers administratifs et qu'elle n'aurait plus de soucis à se faire.

— Gwenn Rosmadec, je suis fière de vous !

Le téléphone sonna. Gwenn prit le combiné et Soazic l'entendit acquiescer à plusieurs reprises. Puis il s'écria :

— Mais alors votre mère est en danger !

La réponse de l'interlocuteur le rasséréna. Il salua et raccrocha.

— C'est inouï !

— Dis-moi tout !

— Marie-Jeanne, la dévouée secrétaire de maître Lefort, est la sœur de Malo Louarn.

— Quoi ?

— Eh oui, depuis le début, elle surveille son patron et nous aussi. Étant dans la place, elle savait d'avance ce que j'allais faire et quand le clan Louarn a pris conscience du danger, ils ont commencé à attaquer. D'abord des menaces en cambriolant la maison puis ensuite des tentatives de meurtre. Elle s'est arrangée pour que nous fassions le trajet entre Genève et Berne en voiture et a fait trafiquer l'électronique de bord.

— Mais pourquoi avoir tué Goffic ?

— La réponse est peut-être chez maître Umlaut.

— Tu vas le voir demain ?

— Non seulement j'ai rendez vous mais je serai accompagné d'un policier suisse délégué par Interpol pour solliciter de ce monsieur l'aide nécessaire.

— Et Marie Cloarec ?

— Toujours à l'hôpital en moyen séjour, avec une surveillance régulière de la gendarmerie. Je dois dire que l'adjudant Le Roy a été très efficace. C'est elle qui a alerté Interpol quand je lui ai fait le rapport de notre histoire et qui s'est arrangée pour que j'obtienne le maximum d'aide de la police locale.

— Comment trouves-tu ton "shubling" ?

— Avec une galette de blé noir et une bolée de cidre, ça devrait être bien meilleur…

XXX

Si maître Umlaut avait à l'origine marqué beaucoup de réticences à répondre aux questions de Gwenn quand ce dernier avait pris contact avec lui, la présence discrète mais officielle d'un agent de la sûreté helvétique avait fait fondre ses derniers soucis. Gwenn se présenta comme responsable de la situation financière de son collègue français, maître Lefort, et une série de meurtres semblaient liés à la gestion de l'héritage de Fanch Lefort. Pour mettre un terme aux agissements du criminel, il fallait connaître tous les éléments de l'affaire. Maître Umlaut était d'expression allemande, cette langue suisse allemande qui entrelardait les phrases de mots francophones. Mais il s'efforça de parler dans la langue de Molière.

— Il y a de cela fort longtemps, mon père qui tenait cette étude a reçu un colis d'Indochine. Il provenait de Fanch Lefort et contenait une courte lettre accompagnée d'une liasse de billets de banque.

— Curieuse méthode, ne trouvez-vous pas ?

— La discrétion n'est pas uniquement la spécialité des banques. Beaucoup de vos compatriotes, pour des raisons disons fiscales, font appel aux services des notaires helvétiques.

— Ou pour blanchir plus facilement de l'argent sale, mais je vous en prie, continuez, Maître.

— Donc, ce monsieur Fanch Lefort prenait contact avec mon père pour établir un testament. Il l'informait qu'une somme considérable sous forme de lingots d'or serait transmise au Crédit Suisse Bernois et que notre étude serait chargée de communiquer à la banque les instructions d'investissement et le contrôle des transferts de fonds.

— Et vous avez accepté ?

— C'est une opération courante de notre étude. Nous travaillons pour des Sud-Américains, des Russes, des Chinois et beaucoup d'autres nationalités. Oui, nous avons accepté. Peu de temps après, les caisses d'or sont arrivées tandis que nous recevions les instructions.

— Les avez-vous conservées ?

— Bien entendu.

— Pourrions-nous les voir ?

Le notable parut hésiter un moment mais son regard croisa celui du policier qui se contenta d'acquiescer de la tête pour insister sur la demande de Gwenn. Il se leva, ouvrit le coffre qui trônait dans un coin de son bureau et en sortit un petit dossier.

— Tout est là. En fait, il n'y a pas grand-chose…

Gwenn prit le dossier et en tira une première feuille. Il reconnut immédiatement l'écriture serrée et fine de Fanch Lefort.

« *Maître Umlaut,*

Je vous donne, par la présente, la mission de suivre la bonne gestion du capital confié au Crédit Suisse Bernois. Vous vous assurerez que cet argent est placé sagement et contrôlerez les choix du banquier.

Vous communiquerez au banquier les noms des deux bénéficiaires que vous trouverez en pièce jointe.

Pour des raisons de sécurité, vous garderez le silence total sur cette opération et informerez oralement les bénéficiaires qu'un capital leur sera versé régulièrement mais qu'ils ne seront pas autorisés à en connaître la provenance au risque de ne plus recevoir de fonds. Votre rémunération consistera en un prélèvement de 10 % sur tous les transferts qui seront organisés et que la banque vous versera automatiquement. »

Et le précieux document se terminait par la date et la signature du fusilier marin breton.

Gwenn saisit le second document. Il était encore plus bref que le précédent et disait ceci :

« *Bénéficiaires du fonds Fanch Lefort :*

1) Marie Cloarec, son épouse, et Marcel Lefort, son fils.

2) Goulven Louarn, son médecin, et ses descendants.

A la mort de mon fils et si je n'ai pas d'autres descendants, l'intégralité du capital sera remis à la famille Louarn. »

Gwenn se tourna vers le policier et tendit les deux documents.

— Regardez, dites-moi ce que vous en pensez.

L'homme parcourut les deux feuillets manuscrits puis les rendit à Gwenn.

— Ces documents me paraissent authentiques. Même le papier est ancien. On n'utilise plus de papier de ce type aujourd'hui.

— Et vous, Maître ?

— Je connais bien ces documents. Mon père m'en a longuement parlé avant de me donner son affaire. Ils sont parfaitement acceptables sur le plan du droit.

— Sur le plan du droit peut-être, maître Umlaut. Mais ce n'est pas à cela que je pensais. Regardez attentivement les écritures. Vous voyez ? Le deuxième n'a pas été rédigé par Fanch Lefort.

Le notaire prit un air surpris.

— Vraiment ? Vous en êtes sûr ? Mais qui aurait pu interférer ?

— Quelqu'un qui a eu ce document entre les mains et qui s'est chargé de le modifier avant de vous le faire parvenir.

— Vous avez une idée ?

— Qui sont les bénéficiaires ? Qui récupère la mise en cas de fin de lignée ?

— Vous pensez à monsieur Louarn ? Mais pourquoi dans ce cas n'avoir pas simplement décidé qu'il serait le seul et unique bénéficiaire ?

— Parce que la lettre d'accompagnement qui, elle, est authentique – j'ai reconnu l'écriture de Fanch Lefort pour l'avoir déjà vue – mentionne deux bénéficiaires. Je vous rappelle qu'à l'époque, Fanch Lefort n'est pas encore mort. Celui qui se fait encore appeler le mage de Lanildut reste prudent. Il sait très bien que le commanditaire est très loin mais que, si sa femme ne touche rien, il finira par le savoir. Donc il se contente de détourner une partie du magot à son profit. En fait, il a simplement changé un nom du document initial.

— Parce que vous connaissez le nom du véritable bénéficiaire ?

— Je pense que oui, mais il est mort, peut-être à cause de cela.

— Eh bien, monsieur Rosmadec, la deuxième valeur sur laquelle nous autres Suisses basons notre réputation, c'est l'honnêteté. Si vous êtes en mesure de prouver ce que vous dites, je ferai le nécessaire pour rectifier les instructions. J'ai toujours ce pouvoir auprès du Crédit Suisse Bernois.

— J'essaierai. Merci monsieur Umlaut. Vous nous avez été très utile.

XXXI

Gwenn acheta le journal du jour car le titre du *Télégramme* avait attiré son attention. Il venait de rentrer en Bretagne le soir même.

« *Disparition du directeur des Hortensias Bleus* »

« *La police est sans nouvelles de Malo Louarn, le directeur de la maison de retraite de Quimper "Les Hortensias Bleus". Il semblerait que monsieur Louarn ait lui-même choisi de partir car sa voiture n'est plus au garage et il a vidé son compte en banque. Par ailleurs, il a mis en congé tout le personnel qui n'était pas indispensable et recommandé aux résidants de rester chez eux avec leurs enfants.*

Cette précipitation étonne beaucoup les enquêteurs d'autant que la sœur de monsieur Louarn, Marie-Jeanne, vient de décéder dans des circonstances tragiques en Suisse… »

Suivait une longue évocation des activités du disparu et de suppositions sur d'éventuels trafics liés à la personnalité sulfureuse de son père, connu comme "le mage de Lanildut".

Gwenn posa le journal et regarda Soazic traiter ses

rosiers. Elle l'avait convaincu de ne pas jouer aux touristes bêlants mais plutôt de partir à la découverte des petites criques inexplorées du lac Léman. Et lorsque "la" crique s'était révélée à eux seuls, elle avait fait valoir ses arguments pour "mettre leurs corps en harmonie avec la paix de la montagne". Gwenn avait mis un vieux disque 33 tours de Louis Armstrong et se délectait des coups de trompette du vieux jazzman. Il appréciait plus particulièrement un passage pendant lequel le roi Louis bouchait son instrument et jouait en modulant la sortie du son.

Soazic s'approcha, un bouquet de roses à la main.

— Toujours le même morceau !

— Toujours. J'adore ce passage.

— Tu parles ! Il joue faux mais comme il s'appelle Armstrong, tout le monde crie au génie.

— Tu ne comprendras jamais rien au jazz !

— Peut-être, mais il joue faux.

Gwenn haussa les épaules. Il savait que ce genre de conversation ne les mènerait nulle part et que Soazic, avec son obstination habituelle, lui tiendrait tête envers et contre tout.

Il se remémora tous les éléments de son enquête. A sa demande, une étude comparative des ADN de Marcel Lefort et de Ronan Péron avait conclu qu'ils appartenaient à la même famille. Maître Lefort était très vraisemblablement le fils naturel d'Anne Péron, morte en couches à Plonéour-Lanvern.

Les fonds destinés à Maître Lefort et à sa mère continuaient à leur parvenir mais le notaire bernois avait donné instruction à la banque, avec l'accord tacite de la police, de suspendre tout versement aux Louarn. Un élément le taraudait. Comment Goffic qui était certainement le deuxième bénéficiaire l'avait-il su ? C'était sûrement lui le deuxième Européen dont avait parlé Françoise Jolifleur. Il attendait de toute évidence le versement de sa part qui n'était jamais arrivé et avait accusé Marie d'en porter la responsabilité. Qu'est-ce qui pouvait lui donner de telles certitudes ?

Soazic s'approcha :

— Ça y est, elle a fini dc miaulcr ta trompette bouchée ?

Gwenn allait lui répondre vertement quand il se figea et la regarda :

— Qu'est-ce que tu as dit ? Oh mon Dieu, Soazic, tu as peut-être la réponse. Prépare tes affaires, nous retournons demain à l'île de Sein.

— D'accord, mais trouve une plage sans phare cette fois-ci, je n'aime pas qu'on me scrute avec des jumelles quand je fais l'amour.

— Soazic, je t'aime !

XXXII

Les touristes étaient toujours aussi nombreux en cet été brûlant et se répandaient sur les plages de l'île en flots multicolores.

Gwenn se précipita à la mairie où il avait rendez-vous avec le maire, Yvon Le Menec'h, qui l'accueillit fort courtoisement dans son bureau.

— Alors ça y est, on a retrouvé le salaud qui a assassiné le père Goffic…

— Oui, Monsieur le maire et s'il n'avait pas fallu le sortir de l'eau pour identification, il serait encore en train de nourrir les crabes et les araignées de mer. Mais j'ai besoin de vous par rapport à cette histoire.

— Je vous écoute.

— Après la mort du père Goffic, qu'a-t-on fait de ses affaires ?

— On a attendu l'accord de la gendarmerie d'Audierne puis ensuite on a fait un nettoyage par le vide. Vous savez, il ne possédait pas grand-chose le pauvre vieux, quelques meubles qu'il avait bricolés avec du bois flotté et des hardes datant de son passage dans l'armée. Il y avait d'ailleurs plus de crasse que de tissu, c'est pourquoi on a tout brûlé.

— Et sa cornemuse, qu'est-ce qu'on en a fait ?

— Ah ça, je crois qu'elle a été remise au recteur qui pensait l'offrir à un jeune sonneur. Vous savez ça coûte tellement cher cet instrument qu'on s'efforce de le conserver tant qu'on peut s'en servir.

— Savez-vous si Monsieur le recteur l'a toujours ?

— Je n'en sais rien mais je peux l'appeler... Asseyez-vous, je vais voir tout de suite.

Le maire décrocha son téléphone et, pour permettre à Gwenn de participer à la conversation, fit fonctionner le haut-parleur.

— Allô, Monsieur le recteur ?

— Oui, Monsieur le maire, en quoi puis-je vous être utile ?

— Il s'agit de la cornemuse du père Goffic, vous l'avez toujours ?

— Non, je l'ai rcmisc à un neveu d'Yvan, le langoustier.

— Savez-vous s'il est sur l'île en ce moment ?

— Écoutez, il m'a quitté il y a une demi-heure pour embarquer. Il fait ses études sur le continent. A mon avis, il doit être sur le port à attendre la navette.

— Merci, Monsieur le recteur.

Gwenn n'avait pas attendu la fin de la conversation. Il s'était rué vers la sortie et courait à perdre haleine vers le débarcadère. Le bateau venait d'embarquer ses derniers passagers et le matelot ôtait le câble de la bitte d'amarrage pour le balancer par-dessus bord. Le capitaine avait lancé ses puissants diesel et vérifiait une dernière fois que tout était paré quand il vit un grand type à tignasse rousse descendre vers le bateau en hurlant, suivi du maire, Yvon Le Menec'h, qui trottinait en haletant derrière lui. Il comprit que quelque chose de grave venait de se passer, arrêta la manœuvre et fit signe au matelot de remettre l'amarre.

Gwenn et Le Menec'h grimpèrent à bord et pénétrèrent dans la cabine de pilotage. Le capitaine venait de couper les moteurs.

— Eh bien, Yvon, comment que c'est ?

— Donne-moi le micro, il y a urgence.

Le capitaine obtempéra et Gwenn se saisit de l'instrument :

— Mesdames, Messieurs, nous recherchons le neveu d'Yvan Landudal. Pourrait-il se présenter à la cabine ? merci.

Les passagers se regardèrent et un mouvement indistinct secoua le groupe. Un jeune homme en vareuse bleue se dressa parmi eux. Il portait un sac de marin sur l'épaule. Il était blême et c'est d'un pas mal assuré qu'il se rendit à la cabine de pilotage.

Gwenn le rassura immédiatement et lui expliqua la raison de sa démarche :

— Nous faisons une enquête sur la mort du père Goffic. Il nous faut vérifier quelque chose. Pourrais-je voir sa cornemuse ?

Le jeune homme ne répondit pas mais ouvrit son sac de marin. Il en retira le bel instrument dont les bourdons avaient été retirés de la poche. Gwenn les monta délicatement, prit la cornemuse sous son bras gauche, gonfla le sac en vieux cuir de mouton et sonna. Comme il s'en doutait, le biniou sonnait bien. Mais le bourdon grave ne produisait aucun son, ce qui donnait l'impression qu'effectivement, le sonneur jouait faux.

Tout excité par la confirmation de ce qui était au départ une hypothèse, Gwenn posa la cornemuse sur la table à cartes et décrocha le bourdon grave de la poche. Puis il démonta la partie supérieure du tube de bois et la porta à son œil droit comme une longue-vue.

— Je m'en doutais, soliloqua-t-il. Capitaine, auriez-vous un écouvillon ?

— Je vais vous chercher ça.

Le capitaine se glissa dans un réduit caché sous le gouvernail et en ressortit avec l'objet demandé. Gwenn le glissa délicatement dans le bourdon jusqu'à ce qu'il arrive en butée et donna un coup sec. Un petit tube métallique jaillit de l'instrument et tomba sur le parquet du poste de pilotage sous les regards médusés des témoins.

Gwenn ramassa le tube métallique et rendit la cornemuse à son nouveau propriétaire.

— Merci Capitaine, nous ne vous dérangerons pas plus longtemps. Et vous, jeune homme, je suis sûr que vous serez un excellent sonneur.

Le neveu d'Yvan le langoustier ne répondit pas

mais acquiesça d'un large sourire. Gwenn et le maire quittèrent le navire et retournèrent à la mairie où ils déposèrent le précieux objet sur la table du conseil.

Le petit tube avait été soudé aux deux extrémités. Son séjour prolongé dans le bourdon l'avait protégé et il ne montrait aucune trace d'oxydation. Le maire récupéra une scie à métaux, le coinça sous son pied et se mit en devoir de l'ouvrir. La couche d'acier était fine, aussi le maire prit-il la précaution de ne pas trop engager la scie pour protéger ce qui se cachait à l'intérieur. Finalement, le petit tube se retrouva en deux morceaux bien distincts. L'un d'entre eux laissait dépasser une sorte de parchemin roulé et attaché par un fin fil de coton. Gwenn ôta délicatement le précieux document et fit sauter le fil d'un coup de canif.

Il déroula le papier et reconnut instantanément l'écriture de Fanch :

« *Mon cher Goffic,*

Je comprends très bien ta décision. Rappelle-toi simplement que tous ces gens que nous avons tués étaient des trafiquants de drogue et qu'ils risquaient leur vie tous les jours. Leur fin n'est finalement qu'un aboutissement normal du choix de leur existence.

Ceci dit, comme je m'y étais engagé, tu recevras ta part de l'or sous forme d'une rente à vie. Je m'occupe personnellement de traiter ce problème auprès d'un correspondant européen auquel je fais toute confiance. Pour éviter les intermédiaires, c'est mon épouse, Marie, qui sera chargée d'expédier les documents aux gens concernés.

Je te souhaite une retraite paisible sur notre chère Sein en attendant de t'y retrouver dans quelque mois.

A bientôt camarade. »

Ainsi, Gwenn tenait sa preuve. Goffic était bien le deuxième bénéficiaire. Il se tourna vers le maire.

— Le père Goffic avait-il une famille ?

— Non, c'était le seul enfant d'un couple d'agriculteurs. Il ne s'est jamais marié. Certains pensent qu'il était plutôt attiré par les hommes mais on n'a jamais pu savoir.

— Monsieur le maire, l'argent dû au père Goffic venait d'un trafic d'opium. Fanch et Goffic ont froidement assassiné les trafiquants au nom de leur mission d'espion français mais ils ont conservé les fonds à titre personnel. Puis-je vous demander une copie de ce document ? Il faudra expédier l'original à la gendarmerie d'Audierne pour finaliser leur enquête.

— Cela ne pose aucun problème.

— Je vous en sais gré, Monsieur le maire. Je crois que je vais pouvoir rétablir l'ordre des choses.

ÉPILOGUE

« *Mademoiselle Jolifleur,*

Grâce à vos précieuses indications, il m'a été possible de remonter la piste des meurtriers de vos parents et de retrouver l'or qui avait été volé.

J'ai donné des instructions au notaire suisse chargé de la gestion des fonds de vous les retourner intégralement. Ce sera l'affaire de quelques jours.

J'ai eu beaucoup de plaisir à faire votre connaissance et souhaite que cette corne d'abondance vous aidera à cicatriser définitivement les blessures de votre âme.

Votre très dévoué,

Gwenn Rosmadec »

*

« *Monsieur Rosmadec,*

J'accuse bonne réception de votre lettre ainsi que des fonds qui viennent d'être virés sur mon compte en banque.

Comme je vous l'ai dit, cet argent a trop sali ma vie et ne m'appartient pas. Mon métier aujourd'hui m'a appris que le vrai bonheur se trouve dans le service des autres et je puise ma richesse intérieure dans le sourire d'un élève auquel j'ai pu apporter le plaisir de l'apprentissage.

Cet or appartient aux Birmans. Naturellement, il n'est pas question de l'accorder à la junte au pouvoir. Ils ont fait suffisamment de dégâts dans ce pays.

J'ai préféré créer une fondation, le fonds Luang Pô du nom de mon père, destiné à venir en aide à tous les orphelinats d'Asie du Sud-Est et compte tenu des ravages provoqués par les guerres dans ces pays, ce ne sont pas les orphelins qui manquent.

Merci de votre soutien efficace. Vous serez toujours le bienvenu dans ma maison.

Très cordialement vôtre,

Françoise Jolifleur. »

Gwenn posa la lettre sur la table du bar des pêcheurs où il s'était installé avec ses copains skippers. Les derniers voiliers remontaient l'Odet, les plus courageux en tirant des bords, les autres, les paresseux, filaient au moteur. Un cormoran rasait l'eau vers l'embouchure, quelques mouettes à tête noire picoraient la vase de l'anse de Sainte-Marine. Une aigrette blanche, un peu perdue dans ce paysage salé, s'envola à grands coups d'aile vers le nord.

À l'horizon, autour de l'île aux Moutons, des nuages cernaient les rochers en un diadème rose.

Soazic rejoignit son mari et leurs regards amoureux se perdirent dans la contemplation du couchant.

Le portable sonna. Gwenn s'en saisit machinalement mais, avant qu'il n'ait pu répondre, Soazic le lui arracha des mains et l'éteignit.

— Pas aujourd'hui, monsieur Rosmadec, aujourd'hui nous sommes en vacances…

FIN

Sainte-Marine, le 23 décembre 2004.

125, Vieille Route de Rosporden - 29000 Quimper
E-mail : editions.alain.bargain@wanadoo.fr
Site Internet : perso.wanadoo.fr/editions.bargain

ÉDITEURS DE BRETAGNE

Dépôt légal n°9 - 1er trimestre 2006
ISBN 2-914532-74-1 — ISSN 1281-7813
N° Impression : 602095
Imprimé en France